75 YEARS

७५ आपसे हैं हम

आवाज़ें काँपती रहीं

[कहानी-संग्रह]

आवाज़ें काँपती रहीं

अनघ शर्मा

राजकमल प्रकाशन

ISBN : 978-93-93768-56-8

मूल्य : ₹495

पहला संस्करण : 2022

प्रकाशक : राजकमल प्रकाशन प्रा. लि.
1-बी, नेताजी सुभाष मार्ग, दरियागंज
नई दिल्ली-110 002
शाखाएँ : अशोक राजपथ, साइंस कॉलेज के सामने, पटना-800 006
पहली मंजिल, दरबारी बिल्डिंग, महात्मा गांधी मार्ग, प्रयागराज-211 001
36 ए, शेक्सपियर सरणी, कोलकाता-700 017
वेबसाइट : www.rajkamalprakashan.com
ई-मेल : info@rajkamalprakashan.com

मुद्रक : बी.के. ऑफसेट
नवीन शाहदरा, दिल्ली-110 032

AWAZEIN KANPTI RAHIN
Stories by Anagh Sharma

अम्मा-बाबूजी को
जिनके पढ़ने-लिखने के गुण
अनायास मुझमें आ गए...

पापा को
जो नहीं हैं तो चीज़ें कितनी अलग हैं...
जो वह होते तो चीज़ें निश्चित ही अलग होतीं जीवन में!

क्रम

भूमिका *9*

बीच समन्दर मिट्टी है 11

रौशनदानों पर अँधेरा 32

उदास बारिशों की शाम और एक हवा का पंछी 52

एक हज़ार बरस की रात 67

जहाँ हवाओं की पीठ पर छाले हैं 82

अब यहाँ से लौटकर...किधर जाएँगे 97

सुनिए द्वारिकाधीश! ये शोक है... 118

खारे पानी के पुल 134

हिज्र के दोनों ओर खड़ा है एक पेड़ हरा 144

भूमिका

पिछले बरस दाग़ की एक ग़ज़ल पढ़ी थी। ग़ज़ल तो बाद में दिमाग़ से उतर गई, पर उसका एक शे'र कहीं अन्दर अटका रह गया। इन दिनों जब अपने नए संग्रह की कहानियों पर काम कर रहा था तो यह शे'र बार-बार भीतर उमड़ता रहा।

साफ़ कब इम्तिहान लेते हैं
वो तो दम दे के जान लेते हैं

अरबी भाषा में 'दम' का शाब्दिक अर्थ 'रक्त' होता है। मेरी इन कहानियों के किरदारों ने रक्तपात तो नहीं किया, पर अपनी बेचैनी मेरे हिस्से में डाल पिछले दिनों मुझे बहुत पसोपेश में डाला, मेरा बहुत इम्तिहान लिया।

ये किरदार जो इतने सालों से कहीं छुपे हुए थे, अब इस अजब से समय एक साथ किसी तहख़ाने से निकलकर चले आए हैं। ये किरदार बहुत बेचैन तबीयत के थे। जाने किस चीज़ की तलाश रही इन्हें जो अपने साथ-साथ मुझे भी इस खोज में लगा दिया। इन किरदारों ने अतीत को बार-बार पलट-पलट कर ढूँढ़ा। ये जाने किसे काँपती आवाज़ों से आगे बढ़कर पुकारते रहे।

इन कहानियों में से कुछ कहानियों में बचपन के सुने कुछ क़िस्से पलट-पलट कर आए हैं। कुछ कहानियों में बहुत नज़दीक से देखी हुई चीज़ें चली आई हैं, हालाँकि मुझे उन किरदारों के जीवन के क़िस्सों को यहाँ लाने से बचना चाहिए था, पर ऐसा हो नहीं पाया।

इन्हें लिखते वक़्त कुछ अवसाद, कुछ उदासी तारी रही मुझ पर। सोचता था कि अब के जब कहानियाँ लिखूँगा तो किरदारों को कुछ ऐसे बुनूँगा कि वे रौशन रहें। जब सिलसिला शुरू हुआ तो सबसे पहले किरदार ने ख़ुद ही अपने रौशनदान पर अँधेरा रख लिया।

ये सब किरदार अपने-अपने हिस्से की जद्दोजहद और ख़ुद अपने आप से लड़ते-लड़ते अँधेरे की तरफ़ खिसक गए हैं...इनके आवारा उजाले इन्हें झलक दिखलाकर जाने कहाँ ग़ायब हुए।

अब ये किरदार आप पाठकों के साथ हैं, आपके रू-ब-रू हैं। जैसे आपने मेरी पिछली कहानियों को स्नेह दिया वैसे ही इस बार भी आप सबसे यह गुज़ारिश रहेगी कि अँधेरे में खड़े इन किरदारों को आप रौशनी दिखाकर उजाले में लाएँ, इनकी बेचैनियों में इनका हाथ थामे रहें और हर बार की तरह इन पर अपना स्नेह बनाए रखें।

अपने स्नेही पाठकों के साथ-साथ मैं हृषीकेश सुलभ जी का बहुत आभारी हूँ कि अपनी तमाम व्यस्तताओं के बावजूद न सिर्फ़ इन कहानियों को पढ़ा बल्कि संग्रह का ब्लर्ब भी लिखा। मैं अशोक महेश्वरी जी और सत्यानन्द निरुपम जी के प्रति आभार व्यक्त करता हूँ कि उन्हें ये कहानियाँ पसन्द आईं और प्रकाशन योग्य लगीं। इस किताब को मुकम्मल रूप देने में शिप्रा किरण जी के सहयोग का बहुत आभार। मेरे दोस्त अमित ओहलान, दिव्या विजय और आलोक रंजन का भी शुक्रिया जिन्होंने इन कहानियों को शुरू से लेकर आख़िरी ड्राफ्ट तक न केवल पढ़ा बल्कि अपने ज़रूरी सुझाव भी दिए।

दिसम्बर, 2021
मस्कट

—अनघ शर्मा

बीच समन्दर मिट्टी है

सना, यमन

ठहाके लगाकर हँसती हुई रात तो इस शहर के आसमान से कब की जा चुकी थी। ऐसी रात जो शादी के जगमगाते उजालों-सी चमकती रहती थी, वह जाने कहाँ गुम हुई? उसके बदले जो अब चुपचाप गुज़र रहा है, वह बदहवासियों में लिपटा हुआ अँधेरा भर है। पिछले कुछ महीनों से यह अँधेरा और मटमैला होता जा रहा है और शहर को मौत की भट्ठी में झोंक रहा है। सड़क के मोड़ पर आकर उसे सामने सरवत की पहाड़ियों से झाँकता सूरज नज़र आया। शहर के सिर पर धूप और गर्मी के बढ़ने का मतलब था कि दिन निकलने लगा है। नंगे पैरों को किसी नाली से बजबजाता, बहता हुआ पानी भिगोए जा रहा था। पानी की छुअन से उसके देर से जलते तलवों को जैसे राहत मिली हो। कैम्प में पहुँचने के महीनों बाद आज उसके पैरों ने किसी ठंडी चीज़ को महसूस किया था। थोड़ी देर के लिए मुँदी आँखें जब उसने खोलीं तो देखा कि पैरों को भिगोता हुआ ख़ाली पानी ही नहीं था, ख़ून भी था, जिसकी धार कहीं दूर से आती हुई इस पानी में मिल गई थी। महीनों धूल, गुबार, मौत, धमाके, ख़ून देखकर उसे अपने ज़िन्दा बचे रहने पर ताज्जुब भी हुआ और ख़ुद पर घिन भी आई। उसने आँखें मसलकर उस ख़ून मिले पानी की धार को दुबारा देखा और उसी में बैठ गई।

वह जानती थी कि यहाँ से भी उसे ढूँढ़कर वापस कैम्प में पटक दिया जाएगा। जहाँ जीने के सारे माशरे बिखरे हुए हैं, और उनसे भी ऊपर औरतों के अकेलेपन का फ़ायदा उठाते गन्दे, लिजलिजे काम जो रातों-रात उनकी मिट्टी को रौंदकर उसे कीचड़ में बदल देते हैं।

जब उसकी आँख खुली तो वह एक नई जगह थी। यह मोटी प्लास्टिक और लकड़ी के टुकड़ों से बनाया गया कोई ढाँचा था। उसने कई बार सिर इधर-उधर घुमाकर देखा तो समझ में आया कि यह हज्जाह कैम्प नहीं है जहाँ से वह रात को भाग निकली थी। हर बार ऐसा ही होता है। कोई भी लड़की जब किसी कैम्प से भागने में कामयाब हो जाती है तो उसे ढूँढ़कर, पकड़कर नई जगह फेंक दिया जाता है, ताकि अगली कोशिश में कुछ दिन लग सकें और तब तक उनका इस्तेमाल होता रहे।

उसने छोटे-से कमरे की खिड़की को देखा, जिस पर एक मरगिल्ला-सा पर्दा पड़ा था। कमरे में एक प्लास्टिक की बाल्टी में पानी ज़रूर था जो कि इस गर्मी में इतना गरम होगा कि उसे पिया नहीं जा सकेगा। उसके अलावा कहीं और कुछ नहीं था। वह उठी, कमरे का दरवाज़ा बन्द किया, बाल्टी खिसकाई और दरवाज़े से लगा दी। उसने अपने धूल, कीचड़, ख़ून और पाख़ाने से सने कपड़े उतारे, धोए। खिड़की से पर्दा खींचा, कपड़े सूखने के लिए डाल दिए और एक कोने में जाकर बैठ गई।

पिछली दो रातों से उसके कानों में ओमार जुमा के रोने की आवाज़ें गूँज रही थीं। हर आवाज़ पर उसे लगता कि इस सुलगते ज़िबहख़ाने में ज़िन्दा ज़िबह होने का अगला नम्बर उसी का है। बार-बार उसकी आँखों के सामने ओमार की छह साल की दिमाग़ से कमज़ोर बेटी का चेहरा घूम जाता था। लड़की घंटों धूप में कमरे के बाहर पड़ी रहती थी। कभी कराहती तो कभी अपने ऐंठे हुए हाथों को ज़मीन से रगड़कर ख़ूनमख़ून कर लेती। लड़की के ऊपर लगा हर ज़ख़्म, घाव युशरा को ऐसे लगता था, जैसे उसके अन्दर ही पल रहा हो और किसी दिन फूटकर उसके जिस्म पर उभर जाएगा। कैम्पों में धीरे-धीरे होती खाने की

कमी और हैज़े ने जीना बहुत मुश्किल कर दिया था। इसी हैज़े में अम्मा-बाबा गए थे और इसी हैज़े में ओमार की बेटी। उसने ओमार से कभी बात नहीं की थी, पर चुप की भी तो आवाज़ें होती हैं। यही आवाज़ें बार-बार उसे इन जगहों से निकल वापस घर के रास्ते पर भटकने के लिए उकसाती रहती थीं। घर है ही कहाँ अब? अब घर के नाम पर जो है वो यही टिन-लकड़ी से बने डिब्बे हैं।

कमरे के अन्दर रात अभी भी गरम ही थी। उसने पास पड़े पर्दे के फटे टुकड़े को उठाकर बिछाया और उसके ऊपर लेट गई। कल किताब में उसका नाम लिख दिया जाएगा। एक जोड़ी बिस्तर, कुछ रोज़मर्रा की चीज़ें उसके नाम चढ़ाकर उसके कमरे में रख दी जाएँगी। उसने करवट बदल आँखें बन्द कर सोने की कोशिश की, पर नंगे गरम फ़र्श पर सोया नहीं गया तो वह उठकर खिड़की पर जा खड़ी हुई। कैसा मौसम है, जिसमें चलते रहने से पैरों में छाले पड़ रहे हैं और रुक जाने पर बदन का हर रेशा गिरकर झुलसा जा रहा है। हर आँख पिछले कुछ सालों में इतना कुछ देख चुकी है कि अब थककर पथरा गई है। किसी के हाथ में कुछ नहीं है। सब ख़ाली हाथ हैं। जिनकी मुट्ठियों में शोले थे, वो सब तो कब के इस मुल्क से बाहर जा निकले अपनी हथेलियों पर ज़िन्दगी की ज़मीन लिये। अब सिर्फ़ समन्दर बचा है यहाँ और इस समन्दर बीच मिट्टी है, जिसकी परतों में नमक भरा हुआ है। इस खारी मिट्टी में कौन क्या रोपेगा? यही मिट्टी इस मुल्क की ज़मीन में फैली हुई है, जिसमें बस एक मौत की फ़सल ही लहलहा रही है। उसने एक साँस छोड़ी और सोचने लगी कि जहाँ पिछले तीन सालों में दस हज़ार से ज़्यादा लोग मर गए हों, जहाँ हर हफ़्ते सौ से ऊपर लोग हमलों में मर रहे हों वहाँ कब तक और कैसे ज़िन्दा बचा जा सकता है? देर तक खड़े रहने से उसके पाँव दर्द करने लगे थे। वह वापस आकर लेट गई और आँखें बन्द करके ऐसी जगह पहुँच गई जहाँ धूप उसके माथे तक चढ़ आई थी। सड़क पर भीड़ थी! ऐसी भीड़, जो किसी भी पल आवारा हो सकती थी, किसी को भी रौंदकर निकल सकती थी। ऐसी भीड़ के रास्ते में वह बीच सड़क खड़ी होकर क्या कर रही थी, उसे ख़ुद ही नहीं पता

था। बाब-अल-यमन के इसी दरवाज़े से एक दिन जो उसका भाई निकलकर गया, अब तक नहीं लौटा। निगाह में बस शक्ल रह गई है जो धीरे-धीरे आँखों के खुलने-मुँदने से एक रोज़ धुँधली पड़ जाएगी। चीख़ती-चिल्लाती भीड़ उसके सामने से गुज़र गई। उसने आँख उठाकर देखा, हज़ार साल पुराना दरवाज़ा जिसने कितने ही जनाज़े अपने कन्धों से नीचे रखे हैं। इस दरवाज़े को बस एक उसी के घर के जनाज़े की ख़बर नहीं। "देख लो नूह, तुम्हारे बेटे ने इस पहाड़ की वादी में जो शहर बसाया था, उसकी दरारों में आग भरी जा रही है।" उसने मुट्ठी में दबाया पत्थर भींचा और फिर हाथ लहरा के बाब-अल-यमन की तरफ़ उछाल दिया।

खट्-से जाकर पत्थर किसी से टकराया, एक कराह पर वह चौंकी। उसने देखा, एक लड़का अपना कन्धा पकड़े बैठा है।

"सुनिए! यह पत्थर आपने मारा है न?" लड़के ने पूछा।

वह चुप रही, कुछ कहा नहीं। लड़के की आड़ ली, झुककर पत्थर उठाया और चुपचाप आगे बढ़ गई।

युशरा ने खिड़की खोली और सूक़-अल-मिल्ह (नमक का बाज़ार) के आसमान की वीरानी को अपने घर में थोड़ी-सी जगह दे दी। भाई जाने कहाँ, किस धमाके में गुम हुआ, किसे पता? अम्मा-बाबा इस साल के हैज़े में पार उतरे। अब ये घर अपनी वीरानी के लाव-लश्कर सहित उसके साथ है, जो जब तक है बस तभी तक है। उसने हाथ में पकड़ा पत्थर वहीं पैरों के पास गिरा दिया।

ज़ीस्त के वे दोनों टुकड़े जिन्हें धूप-छाँव कहा जाता है, दिन में बारी-बारी एक ऊँचे, क़द्दावर पहाड़ के नीचे से यूँ गुज़रते हैं कि धूप में छाँव और छाँव में धूप का भरम होने लगता है। यह पहाड़ अक्सर बेतरह ख़ामोश शोर का बना जान पड़ता है, जिसकी मिट्टी में सफ़-ब-सफ़ समन्दरों को दबाया गया है। ग़ौर से देखने पर इस पहाड़ में उकेरी हुई लहरें दिखेंगी। हम सन्नाटों से गूँजते हैं, ख़ाली

मैदानों की पैरों से रौंदी मिट्टी जैसे उड़ते हैं। हम बाज़गश्त हैं, जिनकी असली आवाज़ गुम पड़ी है कहीं...हम दौड़ती सदी के थमे हुए पैर हैं; सोचते-सोचते उसने पैर के पास पड़े पत्थर को उठाकर कान से लगा लिया। सरवत की पहाड़ियों का दिल उसके कानों में गूँज गया और उसका दिल? वह तो इन दिनों जैसे बिना आवाज़ के चलता है। उगने से पहले और फिर दुबारा मिट्टी में रल जाने के बीच भर की जगह ही तो प्यार है। इस जगह की हवा फूल से भी भारी और चट्टान से भी हल्की होकर बहा करती है। एक ऐसा वन साथ-साथ बढ़ता है जो हरे होने की कोशिश में सूखकर मर जाता है। बिलखने भर की गुंजाइश जब आँखों में ही किसी कोने से उतर जाए तो मौसम सर्दियों के मौसम हो जाते हैं। ये सर्द मौसम, जिनमें घर को जाने वाली उजली गलियाँ कोहरे बीच भटक जाती हैं और लोग अपने घर की बजाय जाने कैसे-कैसे रेगिस्तानों में पहुँचकर आग को खोजते फिरते हैं। फूल-सी हवाएँ अक्सर रेत के बवंडर भीतर-भीतर दबाए चलती हैं। मन की ज़मीन में सब हिसाब गड्ड-मड्ड हो जाता है और सर्द मौसम लम्बा।

"सुनो, क्या घर की याद आ रही है तुमको?" उसने पूछा।

"घर है तो याद आएगी ही, पर तुमको छोड़कर थोड़े ही जाऊँगा।" वह बोला।

वह उसे देखती रही और उसका हाथ अपने हाथ में लेकर बोली, "तुमको तो तुम्हारे यहाँ की सरकार निकाल ही लेगी एक न एक दिन। हम ही छूट जाएँगे यहाँ, इस मरती हुई जगह।"

"आह!...तुमको छोड़कर जाने से पहले मैं यहीं इस समन्दर में डूब जाऊँगा।"

"आदमी उतने ही पानी में डूबता है जितना वो अपनी आँख में समा ले... बाक़ी तो आबजू, नदिया, दरिया, समन्दर बस मछलियों के लिए बनाए गए हैं, हमारे लिए नहीं। यह मुल्क अब बर्बाद हो रहा है। यहाँ से जाओगे ही तुम, आज नहीं तो कल।" वह बोली।

फिर एक दिन वह लौट आया उसे वहाँ छोड़कर। सरवत की ऊँची-ऊँची

पहाड़ियों की तलहटी में जिन पर हर रोज़ बम बरस रहे थे, जहाँ घर आन की आन खँडहर में बदल रहे थे।

आगरा, हिन्दुस्तान

सात महीने हो गए उसे वापस लौटे और जब से लौटा है, तब से उसे कोई ख़बर ही नहीं मिल रही उसकी। कौन जाने वह अब तक उसका रास्ता देख रही होगी या कहीं मर-खप गई होगी?

उसका मन डूबने लगा था और बिज्जी समझ रही थीं कि वह ठीक हो रहा है। वह बिज्जी की चार बातों पर 'हूँ-हाँ' करके जवाब देता और वापस उसी चुप्पी के खोल में समा जाता। खाँसी अब कम उठती थी उसे। वह सुबह-शाम महेन्द्र के साथ घूमने भी जाया करता था, जिसे देखकर बिज्जी का डर कुछ कम होने लगा था, पर एक दिन उसकी हालत बिगड़ गई।

वह कितनी देर उल्टियों में पड़ा रहा, किसी को पता नहीं। बिज्जी जब उसके कमरे में पानी रखने गईं तो उसे बिस्तर से आधा लटका हुआ पाया। आनन-फ़ानन उसे अस्पताल ले जाया गया। महेन्द्र सीधे अस्पताल में ही पहुँचा।

"चाची, कैसे हुआ ये?"

"पता नहीं, शाम से कह रहा था जी मिचला रहा है और खाँसी भी उठ रही थी रुक-रुक के।"

"डॉक्टर क्या कहते हैं?"

"कहते कुछ नहीं, बस टालमटोल कर रहे तब से।"

"दिल्ली ले चलें, चाची? शाहदरे में मामा का घर है। उनकी जान-पहचान है सरकारी अस्पताल में।"

"जैसा ठीक लगे तुम्हें।" बिज्जी ने आँखें पोंछते हुए कहा।

अब वापस लौटकर अकेले ही आना होगा यहाँ, बिज्जी के मन में यह बात उसी दिन घर कर गई थी जब वह उसे दिल्ली लेकर आई थीं।

दिल्ली, हिन्दुस्तान

बिज्जी जिस सोफ़े पर सिर टिकाए खिड़की के सहारे बैठी थीं, वहाँ से अस्पताल का बग़ीचा नज़र आता था। उतरती शाम की थकी रौशनी दिल बुझाने वाली थी। अस्पताल के बरामदे मरीज़ों और उनके तीमारदारों से खचाखच भरे हुए थे। इतनी तंगी, इतनी ग़रीबी के बाद भी लोग अपने मरीज़ों को ऐसे अस्पतालों में क्यूँ लाते हैं जहाँ दमड़ी-चमड़ी दोनों पिघल जाएँ, उन्होंने सोचा। हालाँकि वह ख़ुद ही घर भर का धेला-दमड़ी खँगाल के इकट्ठा कर उसे यहाँ लाई थीं कि उसका इलाज हो सके। जब से बीमा वालों ने उसके इलाज का ख़र्च देने से मना किया है तब से उसके दिल के साथ-साथ बिज्जी का भी दिल डूबने लगा है कि कहाँ से आएगा इतना पैसा? सुबह-शाम वह घंटे भर को ही उसे देख पाती हैं वरना बाक़ी वक़्त वहीं कभी सोफ़े पर या बग़ीचे की घास पर एक कोने में लेटकर काट देती थीं। मिलने के वक़्त भी वह उसे अक्सर एक बार ही जागा देख पाती थीं। वह कभी दिन में सोया मिलता तो कभी शाम को। अब बिज्जी के मन में यह बात घर कर गई थी कि वह जानबूझकर एक वक़्त सोने का नाटक किए रहता है ताकि बिज्जी उससे ज़्यादा बात न कर पाएँ।

शाम के मिलने का वक़्त हुए जा रहा था। बिज्जी ने अपना दुपट्टा झटककर सीधा किया और दुहल्लर कर कन्धे पर डाल लिया। इधर पिछले कुछ दिनों से बिज्जी की जान-पहचान एक नर्स से हो गई थी। बिज्जी इस मेल-मुलाक़ात के बहाने चाहती थीं कि वह डॉक्टरों से उनके लड़के की तबीयत की अन्दरूनी जानकारी निकाल के ला सकें। जाने क्यूँ उन्हें बार-बार लगता है कि डॉक्टर सब बात खुलकर नहीं बता रहे। बिज्जी ने हाथ में पकड़ा 'रामायण' का गुटका आँखों से लगाकर बटुए में रख लिया। पैर के अँगूठे में बँधा काला धागा घुमाकर सही किया, उठ खड़ी हुईं और सामने से आती नर्स का रास्ता लपककर रोक लिया।

"आज तो बड़ी देर से आईं आप माया बहन जी।"

"आज तो रात की ड्यूटी है मेरी। तुम न गईं घर अब तक? कैसे जाओगी?"

"एक बार जाने से पहले बाले को देख लूँ। शाहदरे की बस तो नीचे अस्पताल के सामने से ही मिल जाती है और अड्डे से कुल पाँच मिनट की दूरी पर घर।"

"अच्छा।"

"सुनो, आप ड्यूटी पर रहोगी तो रात में एक बार बाले की तरफ़ झाँककर देख लोगी क्या?" बिज्जी ने नर्स से पूछा।

"ठीक है।"

बाहर की रौशनी ज़मीन से टकराकर हरी-हरी घास में डूबने लगी थी और शाम अब फीके रंग में ढलने लगी थी। एक-एक कर बरामदे की सब बत्तियाँ जल चुकी थीं। बिज्जी ने झाँककर देखा। वो आँखें मींचे पड़ा था। उन्होंने उसे ऐसे देखा मानो इस बात की टोह लेना चाह रही हों कि वो सच में सो रहा है या उनकी आहट पा सोने का नाटक कर रहा है? बिज्जी ने उसे झिंझोड़कर उठाने की कोशिश की। उसके कन्धे में दर्द की एक लहर उठी और बदन करवट खा बिस्तर पर दूसरी ओर घूम गया। अदबदाकर उन्होंने उसकी आँखें खोल दीं। उँगली की चुभन से वह चिहुँका। बिज्जी ने देखा, उसकी आँखें अजब गहरे रंग की हो रखी थीं जैसे किसी ने फ़ालसे को मसलकर आँखों में घिस दिया हो। वह देर तक उसके माथे पर हाथ फेरती रहीं। जब वह दुबारा सो गया तो उठकर कमरे से बाहर चली गईं।

बिज्जी के बाहर निकलते ही उसने अपनी आँखें खोलीं और उनकी परछाईं को दूर होते देखता रहा। एक बार को उसके मन में आया कि आवाज़ लगाकर माँ को रोक ले कुछ देर और, पर जाने क्या सोचकर चुप रहा। बिज्जी की परछाईं धीरे-धीरे उसके सामने से ग़ायब हो गई। ख़ैर, यूँ भी जो परछाईं आँख में पूरी समा जाए, उसी को उम्र भर खोजने के सफ़र पर निकलना पड़ता है। आँख में छुपा हुआ कोई भी क़तरा दिख कहाँ पाता है? गरम हवा के थपेड़े दुबारा आसमान की ऊँचाई को लपक जाते थे और अपने साथ हाँफती हुई धूल को भी ले उड़ते थे। उसने अपनी आँखें दुबारा मीच लीं, जैसे वापस अपने मुल्क की

ज़मीन पर इन्हें बन्द कर के वह दूर, मीलों दूर के किसी और अनजान ज़मीन के टुकड़े पर पहुँच जाएगा। देह के भार को पहुँचना मुश्किल है, पर मन को कहीं पहुँचते देर लगी है भला? उसकी बन्द आँखों में ताज़ा-ताज़ा तारकोल से बनी सड़क खिंच गई, जैसे अभी-अभी उसकी आँखों के लिए ही बनी हो। यह सड़क उसकी याद में गली नम्बर तीन के नाम से दर्ज थी। इसी सड़क के मुहाने पर मुहल्ले भर की सबसे शानदार कोठी खड़ी थी, जिसके मालिक को पूरा मुहल्ला थ्रेडा के नाम से जानता था। कहते हैं कि उसका असली नाम कुछ और था, पर किसी क्लास में लगातर तीन बार फेल होने पर 'थ्रेडा' पड़ गया था। इस घर को उसने कभी अन्दर से नहीं देखा था, पर आज सपने में उसका मन जाने कैसे इस कोठी की बालकनी से चढ़कर एक बड़े कमरे में पहुँच गया। कमरा आधे उजाले में था और आधा अँधेरे में। जहाँ उजाला था, वहाँ सोने वाले का चेहरा नहीं दिखा, पर अँधेरे की तरफ़ अलमारी के शीशे में उसे किसी की चमकती एड़ियाँ दीख रही थीं।

"क्या अब उसकी ऐसी सफ़ेद, साफ़, चिकनी एड़ियाँ बची होंगी?" उसने सोचा।

धूल वापस धीरे-धीरे ज़मीन पर उतरने लगी थी। उतरती हुई थकी धूल सबसे पहले उसकी खिड़की के शीशे पर बैठी और ज़रा बाद उसके मन पर। डॉक्टर भी तो यही कहता है कि लगातार धूल में रहने और काम करने से उसके फेफड़ों में धूल अन्दर तक जम गई है और इसीलिए उसे साँस लेने में तकलीफ़ है जो दिन-ब-दिन और बढ़ेगी ही।

उसने ऐसे करवट बदली जैसे बन्द आँखों से उन एड़ियों, साथ ही और भी सब देख लिया हो। अब के ये बन्द आँखें ऐसी जगह खड़ी थीं जहाँ सड़क बार-बार के धमाकों से टूट-टूटकर गुबार में बदल गई थी। इस गुबार में दो एड़ियाँ चमक जाती थीं जो जाने कितने महीनों से फटी हुई थीं और जिनकी दरारों में धूल वैसी ही आसानी से बैठी हुई थी जैसे उसकी खिड़की के शीशों पर थी और उसके मन पर।

बिज्जी ने कमरा खोला, बत्ती जला दी। सौ वाट के मरे-मरे अँधेरे में उन्होंने हाथ-मुँह धोए और चाय का पानी चढ़ा दिया। ये बहुत छोटा कमरा था। शायद बरसाती को आधा घेरकर खड़ा किया हुआ। बिज्जी लौटते में रेहड़ी से दो पराँठे और आलू की सब्ज़ी ले आई थीं अपने लिए। उन्होंने अख़बार खोला, पराँठे रखे और थैली में से ही सब्ज़ी निकालकर खाने लगीं। "अपने घर होती तो आलू-परवल की सब्ज़ी बनाती," उन्होंने बड़बड़ाते हुए कहा। कमरे की छोटी-सी खिड़की से उन्हें छूती हुई हवा कमरे में दाख़िल हुई। बिज्जी ने अटैची खोली, काग़ज़ के नीचे से रूमाल में बँधे रुपए निकाले और गिनकर वापस रख दिए। इतना रुपया इस मकान का किराया और अस्पताल के तीन महीने का ख़र्च तो निकाल ही लेगा, उन्होंने सोचा।

बिज्जी की नींद से बन्द हुई जा रही आँखों में पिछले दिनों का उदास पानी तैर रहा था। उन्होंने उसे बाले शाह के उर्स में जाकर माँगा था तो उसका नाम ही 'बाले' रख दिया। जब उन्हें यह ख़बर मिली कि वह जहाँ है वहाँ युद्ध छिड़ गया है तो उनकी साँस एक पल को रुक-सी गई और उसके बाद महीनों रास्ता देखने की ऐसी बेआस बेचैनी, जिसमें साँस लेते-लेते मरने की सूरत बनी रहती है। उनकी आँखों में बार-बार तीन महीने पहले की एक शाम आकर रुक जाती है। मई के आसमान में बादल ठहरे हुए थे, उमस का भभका उठ-उठकर बैठ जाता था। बादल इतने घने थे कि अगर खुल जाएँ तो जाने क्या-क्या न बहा ले जाएँ। उन्होंने दूध की डोलची नीचे रख तख़्त पर सिर टिका आँखें बन्द ही की थीं कि महेन्द्र की आवाज़ ने जगा दिया।

"चाची, चाची..."

"क्या हुआ?"

"बाले...बाले लौट आया है अभी-अभी। दिल्ली से कुछ लोग उसे लेकर आए। मैं जा रहा थाने। घंटे-दो घंटे में लेकर लौटा उसे।"

वह कुछ कह पाती, उससे पहले ही महेन्द्र घर के बाहर निकल गया।

वह जब महेन्द्र की बाँह थामे घर में घुसा तो सारा घर बारिश से भीगा

हुआ था। उसने देखा, बिज्जी शटर का हत्था पकड़े खड़ी थीं और बारिश हवा के साथ उनके चेहरे पर पड़ रही थी। उन्होंने उसे बिना कुछ कहे गले से लगा लिया मानो उनकी आवाज़ के छूने भर से वह बिखर जाएगा। बिज्जी ने उसे देखा, देह काठ-सी रूखी हो रखी थी और हर हड्डी इतनी साफ़ उभर आई थी कि अभी ही खाल को चीरकर बाहर निकल आएगी।

सना, यमन

उसकी शहरग में मानो जैसे गाँठ पड़ गई थी जो बार-बार खोलने पर भी नहीं खुलती थी। उसे ऐसा लगने लगा था, जैसे उसको भी अपनी माँ की तरह गोलियाँ खाकर ख़ून पतला करने की नौबत आनेवाली है। दिल हूक से बार-बार भरता और आँखों की ख़ुश्क चुप्पियों पर शिकवा करके रह जाता। मौसम में गर्द, ग़ुबार, चीख़ें और भी जाने क्या-क्या उतर आया था। पत्ता-पत्ता शाम का भरी दुपहरी-सा ज़र्द हुआ पड़ा था। अज़ान की आवाज़ें उठतीं और गिरकर उस राह पर डूब जातीं जहाँ रात गए मोर्टार की बौछारों ने क़तार में सटे घरों में सिवाय टूटी दीवारों के कुछ और छोड़ा नहीं था। महीनों तक बच-बचाने के बाद वह घर पिछली रात टूट गया और उसकी लहकती शहरग में एक गाँठ डाल गया। कौन बचा, कौन मरा, किसी को किसी की कोई ख़बर ही नहीं। इस मुल्क का सबसे बड़ा सबसे सुन्दर शहर खँडहर में बदलने को समय से होड़ लेता दीख रहा है। जितना नुक़सान सभ्यताओं को शताब्दियाँ नहीं पहुँचातीं उससे ज़्यादा आदमी के बारूद से बनाए बम-धमाके पहुँचा देते हैं। बारूद की सुलगी-सी हवा धीमे-धीमे साँस लेने के सब तरीक़े ख़त्म कर देती है। उसके दिल में बैठे डर ने उससे पूछा कि अगले किसी हमले में अगर वह मर गई तो क्या उस तक ये ख़बर पहुँच पाएगी या वह यहीं इस रेत के कबाड़ में खो जाएगी? युद्ध ज़मीनों से नमी सोख लेता है, जड़ों को सुखा देता है। नदियाँ सूख जाती हैं और ऐसे दिखती हैं, जैसे मानो वहाँ सदियों से पानी था ही नहीं। पहाड़ों की कठोर देह

चूरा-चूरा होकर हवा में बिखर जाती है। उसने धुँधली धूप में आँखें मिचमिचाते हुए देखा कि अमानत-अल-अस्मा का ख़ूबसूरत आसमान पहाड़ की टूटी चट्टानों के गुबार में मैला हो रखा था। अभी जाने किस कोने, किस जगह से किसके रोने की आवाज़ आएगी? रात-दिन लोगों की धड़कनों में हौल पड़े जा रहे हैं। कौन जाने कब कहाँ से कोई उड़ता बम गोला आकर लाल समन्दर की गोद में गिर पड़े या किसी के घर को दरका दे? वह जहाँ खड़ी है वहाँ से सरवत की पहाड़ियाँ ऐसे लगती हैं कि हाथ बढ़ाने से वह उन्हें छू लेगी। उन्हीं पहाड़ियों में से एक पर उसने देखा कि धमाके की चोट से एक चेहरा बन गया है। उसने देखा कि पत्थर पर आँखें, नाक और होंठ उभर आए हैं। जिसकी आँख, नाक और होंठों को उसने उन पत्थरों पर देखा था उसकी अब कोई ख़बर ही नहीं थी उसको, वह जाने इस मुल्क में था भी या नहीं। अल-सालेह से अज़ान की आवाज़ हुई। उसने शाम के पहाड़ी चेहरे को धूल में डूबते हुए देखा। अब के हमलों का रुख़ रिहाइश की तरफ़ पूरे ज़ोर से मोड़ दिया गया है। रातों-रात हिफ़ाज़त के नाम पर बस्तियाँ ख़ाली कराई जा रही हैं। आदमी कहीं और भेजे जा रहे हैं, औरतें और बच्चे कहीं और। उसे भी पता था कि किसी दिन उसे भी किसी कैम्प में भेज दिया जाएगा जहाँ से वापस आना कब हो, किसे पता?

आगरा, हिन्दुस्तान

बिज्जी ने उसके माथे पर हाथ रखा, आज तो बुख़ार नहीं है। धीरे-धीरे उन्होंने उसके बालों में हाथ फेरना शुरू कर दिया। रूखे बालों में उँगलियाँ अटक-अटक जा रही थीं। सरसों के गरम तेल की कटोरी उन्होंने उसके सिर में उड़ेल दी और बालों को सहलाना शुरू कर, उससे धीमी आवाज़ में बात करनी शुरू की, जैसे ख़ुद आप ही आप से बात कर रही हों।

"तुम सही हो लो तो अबके तुम्हारे साथ बाले शाह के उर्स चलेंगे। कुछ उतरवा देंगे तुम्हारे हाथों से वहाँ। वहाँ जाने वाले के सारे दुःख मिट जाते हैं।

तुम्हारे पैदा होने से पहले गए थे वहाँ तुम्हारे लिए मनौती लेकर, तभी तो 'बाले' बुलाते हैं तुमको हम। बड़ी नाम-शोहरत की जगह है वो। गली-गली में बस लोगों के चेहरे ही दीखते हैं और बाले शाह के नाम का एक अनदेखा सायादार परबत उनके पीछे साये-सा खड़ा लगता है।" बिज्जी ने उसके माथे को छूकर कहा।

उसने पलकें खोलीं और तुरन्त ही झपका लीं। बाले शाह का परबत उसे सरवत की पहाड़ियों की तलहटियों में ले गया। उसके सामने साफ़ चमकती हुई धूप का एक टुकड़ा खुला हुआ पड़ा था। जबल नुक़्म की गहराई में बसा यह शहर पिछले कुछ सालों से उसकी तरह लगातार हाँफ रहा था। इसकी छाती में एक धूल का रेला सालों पहले जब से उठा है तब से बैठा ही नहीं। अल-सालेह की तरफ़ से ही उसका आना-जाना था। उसने करवट बदलकर बिज्जी की तरफ़ पीठ फेर ली मानो ऐसा करने से वह अल-सालेह के सामने से गुज़रती सड़क को ठीक से देख पाएगा। हवा में जाने कितने दिन की धूल मिली हुई थी। यह हवा उसके फेफड़ों में धीरे से अन्दर सरक गई। उसे खाँसी का एक हल्का-सा झटका उठा तो बिज्जी के हाथ फ़ौरन ही उसकी छाती सहलाने लगे। उसने धीमी आवाज़ में पूछा—

"साल कौन-सा है, अम्मा?"

"साल तो अठारह शुरू हुआ अभी। तुम सही हो लो तो अगले बरस बियाह कर दें तुम्हारा और गंगा नहा लूँ मैं।" बिज्जी ने उससे कहा।

"कोई है वहाँ अम्मा जो हमें पसन्द है।" वह बिज्जी से बोला।

"बाले, धूप भरे रास्तों के गुलमोहर छाँव के लिए तो अच्छे होते हैं, पर उन पर कोई पंछी घोंसला नहीं डालता। हल्की डाल के पेड़ घर बसाने के लिए अच्छे नहीं होते। हवा की मार घरों को तोड़ देती है। तना मज़बूत और तासीर हल्की हो, उसी लकड़ी की नाव पानी में उतरती है। वो यहाँ आ सकती नहीं और तुम अब कहीं वापस जाओगे नहीं। अच्छा-बुरा जो मिले, अब उसे यहीं बोना-काटना है, बेटा। आँसू पोंछने वाले बहुत होंगे, पर जो गरम माथे का पसीना पोंछे, उसी की जड़ में जा जुड़ना बाक़ी तो सबसे उतना ही जुड़े रहना जितना

पंखुरी शाख़ से...। थोड़ी हिम्मत दिखाओ, मज़बूत बनो। ऐसा मिलना-जुलना तो बना ही रहता है ज़िन्दगी में सबके, पर एक ठौर रुकना ही पड़ता है।" बिज्जी ने उसकी आँखें पोंछते हुए कहा।

उसने बिज्जी के हाथों के ऊपर अपने काँपते हाथ ऐसे रख दिए जैसे इन्हें छूने भर से कोई और ऐसे ही हाथ उसकी छुअन में आ जाएँगे और उसका यह दुःख पल भर में ही ख़त्म हो जाएगा।

"थोड़ा पानी पिलाओ, अम्मा।" वह बोला।

बिज्जी पानी लेने उठीं, उसे देखा और सोचने लगीं कि कैसी बीमारी गले पड़ गई कि छाती ही बैठ गई लड़के की। और वह आँखें बन्द किए हुए सोच रहा था कि कैसा युद्ध गले पड़ गया कि वो शहर ही मिट्टी में बैठ गया। वह जाने कहाँ होगी अब? यह सोचते-सोचते पानी आने से पहले ही वह दुबारा सो गया।

दिल्ली, हिन्दुस्तान

बिज्जी जब अस्पताल पहुँची तब तक महेन्द्र उसकी दवाइयाँ लेकर आ चुका था। वो जाकर उसके पास बैठ गईं।

"डॉक्टर से बात हुई थी, चाची।"

"क्या बोले?"

"कहते हैं कि थोड़ी परेशानी की बात है। फेफड़ों में मिट्टी से इन्फेक्शन बढ़ता ही जा रहा है।"

"सही होने की क्या बात बोले?" बिज्जी ने कनपटी से पसीना पोंछते हुए पूछा।

महेन्द्र उनकी बात का कोई जवाब दिए बिना ही बाहर निकल गया।

'हर हरी शाख़ पर पहला घोंसला पतझड़ ही बनाता है और उसमें बैठा दिल का परिन्दा बहुत उदास होता है।' बाले ने छत को घूरते हुए सोचा। वह कितनी देर

से जागा पड़ा है, पर न बिज्जी और न ही महेन्द्र भाई ही झाँक के गए अब तक। उसने गर्दन घुमाकर इधर-उधर देखा। कमरे में दो मरीज़ और थे, पर दोनों ही सो रहे थे। उसने हाथ बढ़ाकर पानी का ग्लास उठाया एक घूँट पीकर वापस रख दिया और आँखें बन्द कर लीं। कहीं से जैसे लोबान की ख़ुशबू आई और उससे टकराकर पलट गई और उसे एक दूसरी जगह, दूसरे अस्पताल में ले गई।

वो अस्पताल एक पुराने स्कूल की इमारत में बना हुआ था। मर्द और औरतों के अलग-अलग दस्ते इधर-उधर सिर धुन रहे थे। जिन कमरों में बच्चों की हँसी गूँजनी चाहिए थी, उन कमरों में ख़ून में लथपथ, पसीने की बदबू में डूबी कराहें उठ-उठ कर गिर रही थीं। उसने घूमकर देखा, डॉक्टर का कहीं कोई नामो-निशान नहीं था। लोगों के चेहरों पर बजबजाती बेचैनी उसे उकताने लगी थी। उसे कौन कोई बहुत बड़ी बीमारी है? ज़रा खाँसी ही तो है। कल आ जाएगा दिखाने, उसने सोचा। वह बाहर निकल आया। गर्मी की तेज़ चुभन के साथ दुपहर की हवा एक अबाये (बुर्क़े की एक क़िस्म) में से अपने साथ एक तीखी, सिर चकराने वाली ख़ुशबू लेकर उससे आ टकराई। ऐसी ही ख़ुशबू, ऊद की तीखी, पैनी ख़ुशबू उसके साथ उसी रात से भटक रही है। उसने उस रात ऐसी ही ख़ुशबू वाली की एक झलक देखी भर थी, जब वह पत्थर उठाने के लिए उसके पास आकर रुकी थी। शक्ल तो उसके ज़हन से गुम हुई, पर ये ख़ुशबू जैसे तभी से उसके साथ चिपक गई है। कई-कई बार रात भर उसने जागकर इस ख़ुशबू का सुराग ढूँढ़ने की कोशिश की थी। वह पलटा और दौड़ते हुए उस अबाये वाली लड़की के पास जा खड़ा हुआ।

"सलाम अलैकुम।"

लड़की आवाज़ से चौंककर पलटी। लड़की को देखकर उसके चेहरे पर उजाले की चमक दौड़ गई।

लड़की ने सिर हिलाकर तस्लीम पेश की, पर कहा कुछ नहीं। उस पर एक सरसरी निगाह डाली और अस्पताल में घुस गई।

वह पल भर को ऊद की तुर्श महक में बेहोश-सा खड़ा रहा और हवास

आने पर उसके पीछे-पीछे अन्दर घुस गया। अन्दर की जिस भीड़ से घबराकर वह बाहर निकल आया था, अब उसी भीड़ में उसे ढूँढ़ रहा था। सैकड़ों एक जैसे अबायों के बीच वह जब उसे ढूँढ़ नहीं पाया तो थक-हार कर बाहर निकला और खजूर के एक पेड़ के नीचे बैठ गया। पत्तियों की नोक से टकराकर धूप सीधे उसके माथे पर पड़ रही थी और उसके चेहरे को चितकबरा बना रही थी। उसे खाँसी उठी और ऊद की तेज़ गन्ध में लिपटे हाथ ने उसकी तरफ़ पानी की बोतल बढ़ा दी। काँपते हुए उसकी आँखें खुल गईं। कुछ भी तो नहीं था उसके सामने सिवाय बिज्जी के, जो उठकर जग में से उसके ग्लास में पानी भर रही थीं। बिज्जी ने उसे पानी पिलाया, हाथ की सूजन को छूकर देखा। डॉक्टर ने सूजन की वजह से कैन्युला की जगह बदल दी थी। देर तक उसका माथा सहलाती रहीं और जब वह सो गया तो खड़ी होकर उसके सीने के उतार-चढ़ाव को देखती रहीं। जब से उसकी बीमारी का पता चला है वह ऐसे ही उसकी साँस लेने की गति से उसके ठीक होने का अनुमान लगाती रहती हैं। उसे सोता छोड़ वह निकल आईं। महेन्द्र वहीं बरामदे में खड़ा था। उन्हें देख बीड़ी फेंक उनकी तरफ़ बढ़ गया।

"क्या कर रहा है?"

"सुलाकर आई हूँ।"

"कुछ बात की?"

"एक शब्द नहीं बोला। ज़रा देर को जगा था। पानी पिया और दुबारा सो गया।"

"अच्छा है, जितना आराम करे।"

"उलटे हाथ में सूजन आ गई है। डॉक्टर मिले तो पूछ लेना, महेन्द्र।" उन्होंने कहा।

"अच्छा चाची, एक बात सुनो।" महेन्द्र ज़रा देर चुप रहकर बोला।

"हम्मम।"

"स्वरूप मामी के पिताजी याद हैं आपको?"

"बी.टी.सी. मास्साब?"

"हाँ, मामी बता रही थीं कि उन्हें भी ठीक ऐसी ही बीमारी ने पकड़ लिया था। कहीं फ़ायदा नहीं हुआ तो काठगोदाम के किसी वैद्य के पास ले गए उनके भैया। तीन महीने में टकाटक ठीक हो गए थे मास्साब। बाद में तो बिना बेंत के भी चलते रहे कितने साल तक।"

"अरे! सरूपा की भली चलाई। वो मट्ठे से चाय और दूध से लस्सी बनाने जैसे करतब ही दिखा सकती है। उसके कहे का क्या भरोसा? याद है, अपने बेटे को दमे के बाद कैसे हैदराबाद ले गई थी कि गले में मछली डलवाऊँगी और दमा ठीक। कुछ हुआ? लड़का आज तक परेशान है। ढंग से डॉक्टर को दिखाया होता तो लड़का कब का सही हो जाता।" बिज्जी ने कहा।

"पर एक बार ले चलने में कोई हर्ज तो नहीं।"

"जैसा ठीक समझो, पर अभी नहीं, कुछ रुककर।" बिज्जी ने कहा।

"पैसा कितना पड़ा है पास में?" महेन्द्र ने पूछा।

"अभी तो है तीन-साढ़े तीन महीने लायक।"

"उसके बाद?"

"उसके बाद तेरे वैद्य जी के पास। अच्छा, अब तू जा, शाम को आना। मैं ज़रा पाठ कर लूँ, बिज्जी ने बटुए में से 'रामायण' गुटका निकाल माथे से लगाते हुए कहा।

सना, यमन

"सलाम अलैकुम।"

आवाज़ सुनकर वह पलटा। उसे अस्पताल आते हुए हफ़्ते से ऊपर हुआ, पर उस दिन के बाद वह उसे आज देख रहा था। अबकी बार ख़ुशबू मिले-जुले फूलों जैसी थी।

"वालेकुम सलाम।" उसने जवाब दिया।

"शबाब हिन्द?" (हिन्दुस्तानी हो।)

"आइवा।" (हाँ।)

"माय शोइया?" (पानी लोगे थोड़ा?)

"तुमने उस रात पत्थर क्यूँ मारा था मुझे?" उसने लड़की के हाथ से पानी की बोतल लेते हुए पूछा।

"बस, यूँ ही फेंका था पत्थर। तुमको मारने के लिए नहीं था।"

"तुम किस चीज़ के लिए आ रहे हो हॉस्पिटल? रोज़ यहाँ आकर बैठे रहते हो?" उसने पूछा।

"खाँसी दिखाने के लिए।" वह बोला।

"क्या सच में?" उसने हँसकर पूछा।

"पहले खाँसी दिखाने आता था, पर उस दिन के बाद तुम्हें ढूँढ़ने।"

"तुम क्यों आती हो यहाँ?"

"भाई ग़ायब है मेरा। घर से निकला था एक रोज़, अब तक पलटा नहीं। उसी को ढूँढ़ती रहती हूँ आजकल। कभी यहाँ तो कभी कहीं और।" उसने कहा।

"यहाँ कहाँ रहते हो तुम?"

"धामर में था, पर काम बन्द होने के बाद हमें यहाँ कैम्प में भेज दिया। पिछले कई महीनों से यहीं हैं अब सब। जाने कब घर जा पाएँगे?"

"अच्छा।"

"तुम कहाँ रहती हो?"

"यहीं अल-सालेह के पास।"

"बड़ी मस्जिद? वो तो बहुत दूर हुई यहाँ से।" वह बोला।

दिन डूबते रहे, शामें उगती रहीं पर हवा में घुली बारूदी उदासी कम नहीं हुई। लोग धमाकों से कम मर रहे थे कि बीमारियाँ भी आ गई थीं लोगों को निगलने। अम्मा-बाबा पहले ही हैज़े में पार उतरे और अब ये नया साथी भी छूटने की कगार पर है। उसने उसका चेहरा देखा, खाँस-खाँस कर ख़ून उसके पूरे चेहरे पर उभर आया था जैसे। कुछ ही हफ़्ते में शक्ल-ओ-सूरत पटक के

सूख गई थी। दवाइयाँ काम नहीं आ रही थीं उसके। युशरा ने उसके चेहरे को देखा, उसकी सूखी आँखों में बेचैनी का बीज अटका पड़ा था। उसने सोचा कि सूखी मिट्टी में भला बीज अँखुआते हैं कहीं? बीज में हरियाली बनाए रखने के लिए नमी बहुत ज़रूरी होती है। पहाड़ों के पैरों से लिपटी वादियों में धूल उड़ रही है, पानी की बूँद भी नहीं है कहीं। जिन मौसमों में हवा भी सिर झुका के चलती हो, उन मौसमों में मन को छुपाकर रखना चाहिए। ये सरनिगूँ हवा मन में बवंडर उठा जाती है, और ऐसे मौसम में वह मन में जाने कैसे मंसूबे बाँध रही थी वो भी एक लौटकर जाने वाले के लिए।

दिन डूबने पर आसमान की रौशनी कई रंगों में बिखरकर उसके सिर के ऊपर फैलने लगी थी। ऐसी शाम युशरा ने महीनों बाद देखी थी जब आसमान में धूल का ग़ुबार नहीं था।

"जानते हो, यहाँ अरब में एक बात बोली जाती है।" उसने बाले से कहा।

"क्या?"

"दूर है दिलगीर है / नज़दीक तुपंग-ए-तीर है।"

"मतलब।"

"यानी...जो दूर है वह दिल के क़रीब है / नज़दीक होने पर वही तीर की तरह चुभता है।"

"क्या बात है!" बाले ने उसका हाथ अपने हाथ में लेकर उससे कहा।

"हम सबको यहाँ से निकालकर कैम्प में भेज रहे हैं। लोगों को भेजना भी शुरू कर दिया है।" वह बोली।

"किस जगह भेजेंगे?"

"पता नहीं, जिसको जहाँ जगह मिल सके। अब अपने दूर होने का वक़्त आ रहा है।"

"प्यार?" बाले के मुँह से इतना ही निकला।

प्यार...जैसे रंगों में बैगनी, मिट्टी में रेत, रगों में शहरग, वक़्त में देर और पानी में भँवर जितने ऊँचे होते हैं, उतना ऊँचा, नम और चमकदार प्यार कौन

निभा पाता है? किसी-किसी के ही दिल की ढालू पहाड़ी में ऐसा कोना बन पाता है जहाँ रौशनी जाकर बैगनी रंग में टूट जाती है, जिसकी दरारें सोने के रंग वाली रेत को लिये हँसती रहती हैं। जिसके कोने से कहीं एक रग ज़रा-सा गिर्दाब लिये ऊपर की ओर थोड़ी-थोड़ी देर में नमक मिले पानी को पहुँचाती रहती है। हमारे दिल तो सपाट धड़कने वाले ज़मीन के टुकड़े हैं। ये कब कहाँ हरे हो सकते हैं?"

"अब क्या होगा?"

"अब क्या होगा, किसे पता? यूँ भी बाले, मिट्टी जब-जब समन्दर बीच अपनी एड़ी रगड़ती है तब-तब पहाड़ करवट बदलते हैं और फिर उन्हीं पहाड़ों से पानी कभी-कभी नीचे उतरते हुए समन्दर बीच अगले पहाड़ के लिए मिट्टी ले आता है। क्या मालूम, कभी मिलना भी हो पाए।"

दिल्ली, हिन्दुस्तान

वह जगा हुआ था या झूठे ही आँखें मीचकर पड़ा था, महेन्द्र को समझ नहीं आ रहा था। रात से रह-रहकर उसकी हालत बिगड़ने लगी थी। बिज्जी बीच-बीच में झाँक जातीं और वापस जाकर 'पाठ' पढ़ने लगतीं कि दवा नहीं तो पूजा ही काम आ जाए। डॉक्टर्स ने महेन्द्र से पिछले हफ़्ते ही कह दिया था कि महीनों किसी बारूदी हवा और धूल भरी जगह में लगातार काम करने से उसके फेफड़ों में जो ब्लॉकेज आ गया है, उसे सही करना मुश्किल है। महेन्द्र ने उसके सीने पर हाथ रखकर देखा। उसका दिल इतनी तेज़ी से धड़क रहा था कि उसकी धड़कन गले में उभरती नज़र आई। उसकी खुली बाँह पर सूई का निशान भर भी नहीं था, पर बाँह पर हल्की-सी लाल छाँव उभर आई थी।

इंजेक्शन लगाने वाले ने महेन्द्र से कहा, "अब आराम पड़ जाएगा थोड़ा। इतनी तबीयत बिगड़ने पर लाए हो इन्हें यहाँ। कुछ और पहले लाते तो अब तक कंट्रोल कर सकते थे न हम।"

"लाते कैसे? ये जहाँ थे वहाँ हाल अच्छा नहीं इन दिनों। लड़ाई छिड़ी हुई है और वैसे भी अब तक बहुत बन्धन में थे ये। अब आ गए, ये ही क्या कम ग़नीमत है?"

बन्धन...उसके कानों ने जाने कैसे इस बात को सुन लिया।

क्या होता है बन्धन? कहीं किसी ऐसी जगह फँस जाना जहाँ युद्ध आपके सिरहाने सो रहा हो। इन देह के बन्धनों से बड़े मन के बन्धन होते हैं। उसमें भी जब आपका मन पैदा ही बढ़ने-भटकने के लिए हुआ है। आप सारा जीवन किसी एक घर में किसी के साथ काट दें या फिर आप चाहें कि किसी एक जगह किसी एक छाँव के नीचे जीवन लहर की तरह उठता और गिरता तो रहे, पर किसी समन्दर की ज़ानिब न बढ़े। ऐसे में इस लहरदार पौधे को कोई बारीक़ी से काटकर क़लम बनाकर जगह-जगह रोप दे और फिर कहे कि अब खिल के दिखा। ऐसे बन्धन कहाँ ढीले कर पाता है कोई बिना मरे? उसके मन की एक क़लम किसी ने काटकर सरवत की पहाड़ियों में रोप दी है। किसे पता उसमें से कोई पौध निकलकर लहलहा रही हो या सूखकर झर चुकी हो? उसकी बाँह हल्की-सी काँपी और जहाँ लाल छाँव थी चुपचाप दम उस खिड़की से कूद उसे हर बन्धन से आज़ाद कर गया। सिरहाने खड़े दोनों लोग अभी भी उसकी फ़िक्र में दुनिया-जहान की बातें बना रहे थे। दूर सरवत की पहाड़ियों में धूल भरी हवा उठी और युशरा के पैरों के पास आकर बैठ गई।

रौशनदानों पर अँधेरा

खिड़की से आती पीली रौशनी कमरे को उदासी में ढालती सुधा के पैरों पर पड़ रही थी। बाहर आकाश में टिमटिमाते तारे ज़रूर थे, पर इतने नहीं कि ज़रा-सा उजाला ही दे सकें। वह सोच रही थी कि रौशनियाँ कब आपके जीवन से ग़ायब हो जाएँ आप जान ही नहीं पाते। सालों-साल आदमी एक ऐसे दीये का खोल ओढ़े रहता है जो बुझने के बाद भी ख़ाली जलने-जगमगाने का भ्रम देता है। उसका मन बार-बार आज वापस घर की तरफ़ लौट रहा था। आँखों के सामने अम्मा का चेहरा था। बैगनी और मैरून छापे की धोती में लिपटा चौड़ा शरीर। टखनों पर बारहोंमासी सूजन का प्रकोप था। हर तीसरे दिन पैर इतने सूज जाते कि चलना लगभग नामुमकिन हो जाता था। ऐसे में कभी उसने अम्मा से उनकी जगह काम पर जाने की बात कही तो हमेशा एक ही जवाब पाया।

"हम क्या कम पड़ रहे दुनिया भर का गू-मूत ढोने को जो तुम भी चलीं सिर पर टोकरी धरने? हाई स्कूल है। इस साल नैक दीदे लगाओ तो पास हो जाओगी। अनूप की मम्मी से हमने वादा ले लिया है कि तुम पास हो गईं तो ग्यारहवीं के लिए डेढ़ हज़ार अनूप के पापा से दिला देंगी। इत्ते पैसे में तो लाली ड्रेस, किताबें और तुम्हारा छह महीने का ख़र्चा निकल आएगा।"

अम्मा जब-जब उससे ऐसी बड़ी-बड़ी बातें करती थीं तो उसकी नज़र कोने में पड़े छबड़े पर टिक जाती थी। बड़ी-सी गोल टोकरी, जिसमें प्लास्टिक की बोरियों की गुदड़ी सफ़ाई से सिली हुई थी। इस छबड़े में एक सींक की घिसी

झाड़ू, लोहे का मैला उठाने वाला खपरा रखे रहते थे। इसी छबड़े के बग़ल में ही ज़रा छोटा दूसरा छबड़ा रखा रहता था, जिसमें अम्मा अक्सर मिलने वाला बचा खाना, त्योहारी, भूसी, पँजीरी, मिली हुई सड़ी-गली सब्ज़ियाँ ले आया करती थीं।

उसने हाथ बढ़ाकर साइड लैम्प जलाया तो कमरे का एक हिस्सा रौशनी में चमकने लगा। सामने पलंग के ऊपर सफ़ेद और नीली चादर बिछी थी। पलंग को देख उसे घर वापस याद आ गया। कैसे दिन थे? घर में एक खाट, एक गद्दा, दो कथरियों, दो रजाइयों के अलवा कुछ नहीं था। एक दिन वो खाट पर सोती थी तो एक दिन अम्मा। सर्दियों में ज़मीन पर सोनेवाले को गद्दे के ऊपर बिछाने के लिए एक कथरी और मिला करती थी। अपने बिस्तर पर चादर बिछी हुई पहली बार उसने हॉस्टल आने पर देखी थी वरना घर में तो अम्मा की धुलने वाली धोती को तिहल्लर, चौहल्लर किया और बिछा लिया। बचपन में हमेशा खाने के लाले पड़े रहे। कभी एक से दूसरी चीज़ थाली में नहीं देखी। छठे-छमाहे कहीं से पूड़ियाँ मिलतीं तो अम्मा दो उसे देतीं। दो ख़ुद अपनी थाली में रख लेतीं, बाक़ी सब छत पर सूखने के लिए डाल दी जातीं। सुखाने के बाद उन्हें कूटकर कपड़छन करके रख लिया जाता था। तीज-त्योहार पूड़ियों का यह आटा ही मावे-खोये का काम करता था। इसी से बर्फ़ी, लपसी बनती थी वो भी कतीरा भर। हॉस्टल आने तक खाने-पीने को लेकर उसमें संयम अपने आप जन्म ले चुका था। जिन चीज़ों के कभी नाम भी नहीं सुने थे, उन्हें मेस में कभी-कभार सामने देखकर झिझक के मारे छूने की हिम्मत ही नहीं हुई, थाली में रखना तो बहुत दूर।

उसने कुर्सी के हत्थे पर सिर टिकाया और आँखें बन्द कर लीं। बन्द आँखें बार-बार उसी अतीत की ओर लौटती हैं, जिसे अब छूना आसान नहीं। उसने बन्द आँखों से जाने क्या देखना चाहा, पर आस-पास अँधेरे के अलावा कुछ और था ही नहीं। इस अँधेरे में जाने किन-किन की कितनी आँखें चमक उठती हैं। इन आँखों को अपने सामने वो कभी देख नहीं पाएगी, पर ये पूरी रात चिंगारी सी जलती रहेंगी। उसे आज उसकी बेतरह याद आ रही है। बार-बार ध्यान

करने पर बस उसकी आख़िरी दिनों की आँखें ही नज़र आती हैं। उसकी आँखें उन दिनों ऐसी हो गई थीं जैसे किसी ने बुझती हुई राख में आग वापस रख दी हो। पनियल आँखों के कोनों में मानो ज्वालामुखी भाप समेटे बैठे हों। वो आँखें केवल देह का हिस्सा थोड़े थीं, वो उन सारे न देखे जाने वाले सपनों का, न पूरी की जाने वाली आशाओं का और लगातार पानी से नम हुई किसी उजाड़ दीवार का नक्शा थीं।

गेस्ट हाउस के बरामदे में आँखें बन्द किए वो बरसते पानी को सुनने की कोशिश कर रही थी। पहाड़ की बारिश हरसिंगार के फूल-सी होती है। ज़रा हवा आई और झर के बरसना शुरू। मन प्रशान्त का फ़ोन आने के बाद से ही परेशान है।

"सुधा! परसों उसे सफ़दरजंग में एडमिट करा दिया है।" प्रशान्त ने उससे कहा।

"क्यूँ? क्या हुआ? तुम मुझे अब बता रहे हो?"

"पिछले चार-पाँच महीने में एकदम ही बहुत ज़्यादा पीना शुरू कर दिया उसने। मतलब, एकदम एब्यूज़ की हद तक। जाने किन-किन लोगों को बैंक से निकाल अपना सारा पैसा दे आया। वो तो जब धुत्त नशे में अपने किसी पड़ोसी से उधार माँगा तब पता चला। उस बन्दे ने जाने कहाँ से ढूँढ़-ढाँढ़ के मुझे फ़ोन किया। मैं गया तो बड़ी मुश्किल से दरवाज़ा खोला उसने। बाय गॉड! क्या गन्द मचा रखा था घर में! तुम देखतीं तो विश्वास ही नहीं करतीं अपनी आँखों पर। कैसा चमकता घर हुआ करता था और कैसा हो गया था! तुम्हारे आने का क्या सीन है?"

"अभी तो यहाँ महीने-सवा महीने का काम और बचा है। कुछ दिन से पानी पड़ रहा है और देहरादून जाने वाला रास्ता भी ब्लॉक है। दो-तीन दिन तो उसे ही क्लियर होने में लगेंगे। जल्दी से जल्दी आने की कोशिश करूँ तो भी आठ-दस दिन लग ही जाएँगे मुझे। तुम कुछ दिन देखभाल कर लो उसकी मेरे आने तक। कितने दिन बोल रहे हैं हॉस्पिटल वाले?"

"अभी तो पाँच-सात दिन बोलते हैं।" प्रशान्त ने कहा।

बूँदें उसकी तरफ़ बरसने लगीं तो वो उठकर अन्दर चली गई और सोफ़े पर पसर गई।

"तुम बहुत लम्बा जा रही हो, यार। इतने दिन अकेले मन नहीं लगेगा।" वह बोला।

"तो तुम हर दूसरे-तीसरे दिन मुझे फ़ोन कर लिया करना, अप्पू।"

"यहाँ आदमी के कल का भरोसा नहीं और तुम दो दिन, तीन दिन कर रही हो। तुम्हारे होने से हिम्मत रहती है।"

यह बात, गीली-कच्ची नींद-सी बात, नंगे पैर बिना कोई आवाज़ किए चुपचाप मन से निकल गई। यह बात यूँ उसके ध्यान से निकल गई जैसे किसी बीहड़ जगह किसी छिछली नदी में दूर चमकती रौशनियाँ ख़ामोशी से लहक-लहककर ग़र्क़ हो गई हों। ग़र्क़ होने का यह फ़न बड़ा विशेष है कि ज़रा-सी गहराई में कुछ यूँ डूबा जाए कि फिर ऊपर उठने की सब सम्भावनाएँ तुरन्त ही ख़ारिज हो जाएँ। जो बहुत गहरा है, हर बार आपका साथ दे, ज़रूरी नहीं। डूबने के लिए अपना मन ही काफ़ी है। ये मन अपने तईं बहुत ख़ाली, साफ़ और कम गहरा है। उसने भी डूबने के लिए अपना मन ही चुना।

हड़बड़ाकर सुधा ने सिरहाने रखा मोबाइल उठा लिया।

"उदय, कहाँ हो तुम?"

"क्लिनिक के लिए निकल रहा हूँ। क्या हुआ?"

"अप्पू को सफ़दरजंग में एडमिट किया है परसों।"

"पता है मुझे।"

"चिन्ता की बात कोई?"

"फ़ौरन डरने जैसा तो कुछ नहीं है। लेट् हिम बी देयर फ़ॉर सम टाइम। तुम आओ, फिर बात करते हैं।"

"तुम हो आना वहाँ। जाने कैसे ट्रीटमेंट मिल रहा हो उसे?"

"मेरे जाने से कोई फ़र्क़ नहीं पड़ेगा। बड़ा हॉस्पिटल है। डॉक्टर्स जानते हैं उन्हें क्या, कैसे करना है।"

उसने सुन तो लिया कि डरने जैसा कुछ नहीं है, पर मन इस बात को मानने को राज़ी नहीं हुआ।

"फ़र्ज़ करो, इस लम्बे उमस और घुटन भरे बरामदे की बेंत की कुर्सी पर बैठे-बैठे मेरे मन में अन्दर जो हंगामे उठ रहे हैं, घट रहे हैं, उन दृश्यों की कोई तरतीब मेरे ज़हन में हो और मुझे हाथ पकड़कर पीछे-पीछे खींच लिए जाती हो।"

डॉक्टर ने उठकर उसके कन्धे पर हाथ रख दिया।

"कैसे दृश्य?"

"जैसे चलते-चलते दो खम्भे मेरे रास्ते में आकर रास्ता रोक देते हैं।"

"फिर?"

"फिर कोई हाथ आकर उन्हें सरकाकर ज़रा रास्ता बना देता है और मैं उस पार।"

"और अगर वो हाथ न आए तो?"

"तो मुझे वहीं रुककर इन्तज़ार करना होगा उसका।"

"तुम उस खम्भे को थोड़ी आड़ लेकर, कुछ घूमकर भी तो पार कर सकते हो।"

"आह...इतनी मेहनत कौन करे?"

"कुछ मेहनत तो करनी ही चाहिए इनसान को, अपूर्व। अच्छा, मेरे इस क्लिनिक में तुम्हें बरामदा नज़र आता है?"

"कभी-कभी।"

"ध्वनि से कब से बात नहीं हुई तुम्हारी?"

"याद नहीं।"

"अच्छा, फ़र्ज़ करो कि यह एक लम्बा बरामदा है। सूखा, हवादार, जिसके अन्त में एक खिड़की है और उस पर बारीक़ जाली का एक पर्दा है।"

"वो तो अक्सर हर खिड़की पर पड़ा ही होता है, डॉक्टर।"

"हाँ, पर हर खिड़की के बाहर तुम्हारे दोस्त खड़े होकर तुम्हारा इन्तज़ार तो नहीं करते।"

"आपकी खिड़की के बाहर कौन खड़ा है?"

"तुम्हारे दोस्त। तुम किसका नाम सुनना चाहते हो?"

"मुझे अब चलना चाहिए। अगली बार कब आना है?" उसने कुर्सी से उठते हुए कहा।

"अगर फ़र्ज़ करना कम कर दो तो जल्दी नहीं आना पड़ेगा वरना अगले महीने की इक्कीस तारीख़।"

"डॉक्टर?"

"हम्म।"

"क्या आप कभी कुछ फ़र्ज़ नहीं करते? इनसान की ज़िन्दगी क्या कभी सीधी चली है? ज़िन्दगी कई बार बीच नींद में ख़लल लेकर आ जाती है और फिर उस उचटी हुई नींद के लिए लोगों को आपके पास आना-जाना पड़ता है।"

"मैं आज के सेशन का ऑडियो बनाकर भेज दूँगा तुम्हें। अगली सिटिंग तक हफ़्ते में कम-से-कम तीन बार सुनना। अगला सेशन इस पर डिपेंड रहेगा।" डॉक्टर ने कहा।

उसके बाहर आने तक शाम ढल चुकी थी और हल्की-हल्की फुहार पड़ रही थी। सड़क को रौशन करने के लिए तरह-तरह की बत्तियाँ जल चुकी थीं। उसने देखा, सामने बच्चों का एक झुंड इस बेशऊर-सी बरसात में भीगने की कोशिश कर रहा है। उसने अपने अन्दर की तपती ज़मीन पर कुछ बूँदों को गिरते महसूस किया, एक उदास भाप उठी और उसके अन्दर फैल गई। उसने जाकर मारवाड़ी होटल से दो लोगों का खाना लिया और गाड़ी सुधा के घर की तरफ़ मोड़ दी। उसे सुधा के घर पहुँचने की जल्दी थी। वो इलाक़ा थोड़ी ही बारिश में डूब जाता है। उसके वहाँ पहुँचने तक बारिश थम चुकी थी और सुधा की सोसाइटी बारिश के बाद हमेशा की तरह जलमग्न थी। उसने अन्दाज़े से पानी में डूबी पार्किंग में गाड़ी खड़ी की, जूते उतारकर एक तरफ़ रखे, जींस

टखनों के ऊपर ज़रा मोड़ी और खाने का पैकेट ले गाड़ी से बाहर निकल आया। लिफ़्ट हमेशा की तरह आज भी ख़राब पड़ी थी। कितनी बार कहा सुधा को कि किराये का ही तो है फ़्लैट बदल ले या उसके साथ शिफ़्ट हो जाए, हर दूसरे दिन सीढ़ियों से सात मंज़िल जाने के झमेले से तो बचेगी, पर वो हर बार काम के नज़दीक होने का हवाला देकर इस बात को ख़त्म कर देती है। पिछले चार साल में यूँ तो उसकी सुधा से अनगिनत, लगभग हर दूसरे दिन ही मुलाक़ात हुई है, पर वे तीन महीने इस दोस्ती में ख़ास थे जब वो एक ही जगह काम करते थे। वहीं पहली बार सुधा ने उससे कहा था—

"मेरी समझ से तुमको किसी काउंसलर से मिल लेना चाहिए।"

"क्यूँ?"

"मुझे तुममें डिप्रेशन का प्राइमरी सिम्प्टम दिख रहा है। अभी ही दिखा लो डॉक्टर को वरना आगे बहुत ट्रबल होगा। मैं तुमको एक डॉक्टर का नम्बर दे रही हूँ, जाकर मिल लेना।"

घर के बाहर पानी से भीगा छाता और चप्पलें रखी थीं। वो सोच ही रहा था कि दरवाज़ा खोले या घंटी बजाए कि सुधा की आवाज़ आ गई।

"आ जाओ अन्दर, कब तक दरवाज़ा देखते रहोगे?"

"तुम्हें कैसे पता मैं बाहर हूँ?" उसने अन्दर घुसते हुए कहा।

"आते वक़्त देख लिया था तुम्हें।"

"कहाँ से आईं?"

"पीछे क्यारियों की तरफ़ गई थी। कुछ फूल लगवाए थे। पानी भर जाता है तो निकलवाने गई थी। जूते कहाँ गए तुम्हारे?"

"गाड़ी में ही छोड़ आया। कौन नए जूते ख़राब करे तुम्हारी तलैया में? अब तो बदल लो यार घर, आज फिर सीढ़ियाँ चढ़कर आना पड़ा मुझे।"

"मुझे पता था तुम घूम-फिरकर इसी बात पर आओगे। मैं रोज़ ही इनसे आती-जाती हूँ। लिफ़्ट तो परमानेंट ख़राब ही रहती है।"

"ये माथे पर क्या हुआ?" सुधा ने पूछा।

"कहाँ?"

"इतने दाने निकल आए हैं।"

"पता नहीं, ध्यान नहीं दिया।"

"कोई नई दवा शुरू की क्या डॉक्टर ने?"

"नहीं तो, पर आजकल बहुत बेचैनी रहती है मुझे। दुबारा हरदम वही सब पुराना-सा माहौल रहता है।"

"डॉक्टर से मिले?"

"वहीं से तो आ रहा हूँ।"

"क्या कहता है?"

"कहता है, ध्वनि से बात करो।"

"तो कर लो।"

"यह तो हो ही नहीं सकता।"

"अगर कुछ विशेष था तो डॉक्टर को बताना चाहिए था, छुपाना नहीं था। अगला अपॉइंटमेंट कब है?"

"आज ही तो मिलकर आया हूँ, अभी वक़्त है जाने में। अगली इक्कीस का अपॉइंटमेंट है।"

"मैं चलूँगी साथ।"

"सुधा।"

"दो मिनट रुको, ज़रा चाय चढ़ा आऊँ।"

चाय की गर्म भाप इस बरसात के नम मौसम में उसे सबसे भली चीज़ मालूम पड़ रही थी।

"इन दिनों भीतर एक अजीब-सा कम्पन रहता है, जैसे कोई भँवर का घेरा गोल-गोल घूमते हुए मन में उतर जाए। अनजान-सी एक हूक तान लेकर उठे है और हवा में और खो जाए।" वह सुधा से बोला।

सुधा ने उसे देखा और प्याला मेज़ पर रख दिया।

"सुनो, मन में जितना कम्पन बचा रहे, उतना ही जीवन बचा रहता है।

अधखिली कली भी सुबह काँपकर पंखुरी खोलती है। निष्कम्प दीया भले ही मन्दिर में क्यों न हो, बुझ ही जाता है। दीप में जुगनू जगमगाता रहे, झिलमिलाता रहे, इस कारण हवा का काँपना बहुत ज़रूरी है। पर बहुत तेज़ हवा आग लगा देती है, यहाँ तक मन्दिर को ही फूँक देती है। अपनी आँच को ढाँप कर रखो। मेरी अम्मा कहा करती थीं कि बहुत ज़्यादा आँच चूल्हे से निकल घर फूँक देती है। तिस पर तुम तो फूस के घर हो। ज़रा-सी चिंगारी सब फूँक देगी। इसे मन में छुपाकर रखो, अप्पू। प्यार की नमी से हल्का करो इसे।"

"सुधा! कौन जाने जिसे तुम प्यार कहती हो, वो कोई सूखी बेल हो जो हरी होने पर किसी साँप-सी लहराए।"

"तुम जब ऐसी बातें करते हो तो मुझे डर लगता है, अप्पू।"

वो चुप रहा और सुधा को खाना गरम करते हुए देखता रहा।

"तुम्हारे घर वाले अगर तुम्हें मेरे घर खाना खाते देख लें तो तुम्हारा हुक्का-पानी बन्द कर दें।" वह बोली।

"अब बचा ही कौन है देखने वाला? मम्मी-पापा रहे नहीं और भाई-बहनों से मेरी बनती नहीं।" उसने फीकी हँसी हँसकर कहा। "अच्छा चलूँ मैं..." वो एकदम कुर्सी से उछलकर खड़ा हो गया।

"अरे, खाना?"

"नहीं, भूख नहीं लग रही।"

सुधा जानती थी, ऐसी बेचैनी उसे अचानक उठती है और फिर उसे रोके रखना बहुत मुश्किल हो जाता है। ये बीमारी के प्रोग्रेशन का एक चरण है। जैसे-जैसे दिन बीतेंगे वैसे-वैसे उसके कंट्रोल टूल्स फेल होंगे। वो उठी, अलमारी के दराज़ में से कुछ पैसे निकालकर उसकी जेब में रख दिए।

"ये रख लो।"

"ये पैसे क्यूँ? मैं खाना लाया इसलिए?"

"पागल हो क्या? तुम्हीं ने कहा था न कि ए.टी.एम. गड़बड़ है तुम्हारा। कल शनिवार को बैंक से कैसे पैसे निकालोगे? कल चले जाना डॉक्टर के पास

और माथा दिखाना। कोई एंटी हिस्टेमाइन लो, एलर्जी लग रही है यह। ये चप्पल पहन लो।" सुधा ने उसके कन्धे को सहलाते हुए कहा।

"नीचे चल रहीं?"

"हाँ, चप्पल वापस नहीं लाऊँगी क्या?" वो हँसकर बोली। "रास्ते से कुछ खाने को लेते जाना, भूखे मत सोना और ध्वनि से बात कर लेना।"

नीचे पहुँचकर सुधा ने दुबारा वही प्रश्न दोहरा दिया।

"मैं चलूँ क्या साथ इक्कीस को?"

"ख़ामख़्वाह ही, मैं ख़ुद ही जाऊँगा भई।"

"अच्छा अगर ऐसा है तो फिर मैं परसों शाम देहरादून चली जाऊँगी।"

"किसलिए?"

"एन.जी.ओ. के काम से। अबके ज़्यादा वक़्त रहना होगा सात-आठ महीना लगभग। आकर मिला जाएगा।"

"ठीक है।"

"चलो, बाय।"

सुधा ने उसे जाते हुए देखा। देखा तो बस चेहरे पर विदा का हँसता हुआ भाव। वह उस मुस्कान को तो छू पाई जो होंठों पर थी, पर उस अँधेरे को नहीं पकड़ पाई जो उसके जाने की ख़बर सुनकर उसके मन में चला आया। संसार की हर सड़क एक तरफ़ से ढलान को जाती है और हर यात्री अपनी यात्रा में उस उतार पर बहुत तेज़ी से उतरता है। चढ़ने के बरक्स उतरना जीवन का असल संघर्ष है। वह उसे हँसते, हाथ हिलाते, बूँदों भरी रात में जाते देखती रही। वह अपनी यात्रा की ख़ुशी में यह देख ही नहीं पाई कि वो अपनी यात्रा के ढलान पर है। यहाँ से इंच भर पैर बढ़ाया और अनन्त अँधेरे में।

हर छाया के इतर एक छाया और होती है जो पाँव-पाँव साथ चलती है। जैसे जलकुम्भी के ठीक नीचे पानी आँखें बन्द किए छम्म शान्त सोया रहता है, ठीक वैसे ही। कभी यह पानी ज़रा-से पात से डर जाता है तो कभी यह ही संसार के

सबसे बड़े पर्वत को अपने भीतर समेट लेता है। सामने जो दिखता है वो पर्वत की छाया भर है, असल पत्थर तो बहुत गहरे सोया हुआ है। यह ठीक ऐसे ही है जैसे बित्ते भर का मन, जो जितना दिखता है उससे कहीं ज़्यादा अँधेरे में डूबा रहता है। आप मन को इस पर्वत की छाया भले मान लें, पर मन की छाया 'माउना केया' से भी ज़्यादा बड़ी और गहरी है। मन इतने भीतर तक पैठा हुआ है कि किसी समुद्र तल से इसका नाप नहीं लिया जा सकता। बरसात की गीली सड़क पर उसकी कार सरपट भाग रही थी और ख़याल उससे भी तेज़। पनालों से टपकता पानी गिरकर पल भर को रुकता और फिर जहाँ जगह मिलती वहीं बढ़ जाता।

'पानी का सारा जीवन इसी दुविधा में बीतता है कि पहले किस ओर मुड़ना है?' उसने सोचा।

घर अँधेरे में डूबा हुआ था। उसने जूते उतारे, रैक में रखे। चौके में जाकर टाँड़ पर रखी मोमबत्ती जलाई और मेज़ पर रख दी। घर इतने करीने से लगा रखा था उसने कि बन्द आँखों से भी वो हर चीज़ छू सकता था, उठा सकता था। उसने शेल्फ़ में रखा हाथ पंखा उठाया, खिड़की खोली और कुर्सी पर पसर गया। पानी रुक चुका था, बादल छँट गए थे। आसमान पर महीनों की जमी धूल उतरकर बैठ चुकी थी। इक्का-दुक्का तारा कहीं-कहीं चमकता और फिर अँधेरे में खो जाता। कुर्सी पर बैठा-बैठा वो सोचता रहा, रात के आख़िरी पहर तक जलते सब पत्थर, सब ईंधन भोर से पहले धुआँ होकर आसमान में खो जाते हैं। वो आसमान, जहाँ पारे की रंगत वाला चन्द्रमा पिघलकर किसी दूसरे कोने में सूरज का ढब बनाकर निकलने को तैयार है। वो आसमान, जिसके कपड़े पर सैकड़ों सूरज और चाँद जुड़े रहते हैं, उसी आसमान के नीचे कहीं कोई नंगी सड़क ऐसी गुड़ी-मुड़ी पड़ी रहती है जिसे देखने भर से ताज्जुब हो। मैंने जब भी किसी मकान की किसी खिड़की से किसी सड़क को अकेला बिना उजाले के रात में चुप देखा तब-तब इस बात का ताज्जुब माना कि भला जिसके माथे के ऊपर इतना विराट्, अनगिनत जलते हुए तारों वाला आसमान हो, उसका सीना

इतना सर्द, ख़ामोश और धुँधला कैसे हो सकता है? बात सिर्फ़ ऐसी किसी सड़क की तो नहीं जहाँ कोई उजाला न हो, रौशनी के लिए इन्तज़ाम न हो। बात है कुछ जुगनुओं जैसी चमकीली आँखों का मौजूद न होना, जिन्हें देखकर हर ओर रौशनी बिखर जाए। दोनों ही, चाहे कोई सड़क हो या मन, किसी ऐसे पहरेदार की आशा में चुपचाप साँस भरते रहते हैं, जो कभी आए बुझे हुए अलाव को जलाए, पत्थरों में आँच भरे और उन्हें धुआँ होने से बचा सके।

उनका ऐसा पहरेदार कौन है जो बुझते हुए अलाव को हरहराकर फिर जला सके? ध्वनि, ध्वनि, ध्वनि...नहीं सुधा जैसे कोई एकदम ही कानों में आकर बोल गया हो।

सुधा को उसके इतनी जल्दी वापस आने की उम्मीद तो नहीं थी, पर उसे वापस लौटकर आया देख कोई ताज्जुब नहीं हुआ।

"तुम्हें कुछ बताना है।" उसने अन्दर घुसते हुए कहा।

"क्या?"

वो बेचैनी में थोड़ा इधर-उधर टहलता रहा, जेब से सिगरेट निकालकर सुलगा ली। फिर एकदम से उसने जल्दी-जल्दी बोलना शुरू कर दिया। वो जाने दो-चार मिनट क्या-क्या बोलता रहा, उसे ख़ुद ही नहीं मालूम।

"मुझे कुछ समझ नहीं आया, अप्पू। धीमे-धीमे रुककर बोलो।" वह बोली।

"मेरा शहर में मन नहीं लगता।"

"क्यों?"

"ये शहर उदास बदहवासियों के जाल हैं। इनकी इंच-इंच हैरान करने वाली यह रौशनी किसी बर्फ़ की नोक-सी आँखों में उतर जाती है। चोट देकर ये बर्फ़ पिघल जाती है। हम सब उस पिघले हुए पानी से अपने घाव जीवन भर साफ़ करते रहते हैं, यह जानते हुए भी कि उसमें कुछ नमक जैसी चीरकर रख देने वाली चीज़ मिली हुई है। शहर हमारी रगों में नमक उतार देता है।"

"तो कहाँ जाकर रहोगे?" सुधा ने पूछा।

"मुझे तो कहीं चैन नहीं आए शायद।"

"बदहवासियाँ तो हर ओर, कोने-कोने में हैं। जहाँ चले जाओ, उनसे पीछा छुड़ाना बहुत मुश्किल है, अप्पू। ख़ुद पर क़ाबू रखने की कोशिश की जाए, बस यही उपाय है चैन पाने का।"

"मैं करूँगा इस उपाय को।"

वह जानती थी कि वो अक्सर ऐसी ही बातें करता है। जोश से भरी बातें, फिर उन पर फ़ौरन ही अमल करने को तैयार, और हमेशा ही फेल हुआ है ऐसे किसी वादे को निभाने में। ऐसे चहचहाते, हँसते हुए दिनों के साथ-साथ एकदम ही सुस्त उदास शामें उसे घेरे हुए चलती रही हैं हमेशा। पर वह यह नहीं जानती थी कि उसका मिज़ाज अब उस हद पर पहुँच चुका है जहाँ से वो उसे छज्जे के कोने पर चलने को उकसाएगा और अप्पू कभी भी अपना पाँव ख़ाली हवा में बढ़ा देगा। उसके हाथ में फँसी सिगरेट निकालकर सुधा ने चाय के ख़ाली कप में डाल दी। उसने पलटकर सुधा के हाथ थाम लिए।

"मुझसे शादी कर लो, सुधा?"

"पगला गए हो क्या? ऐसा हो सकता है क्या?" वो हँसकर बोली।

"क्यों?"

"तुम और ध्वनि?"

"आह! वो तो कब का ख़त्म हुआ क़िस्सा।"

"फिर भी?"

"फिर भी क्या? मेरी बीमारी से डर रही हो?"

"तुम्हारी बीमारी से भी और हमारे परिवेशों से भी। तुम्हारा परिवेश मेरे बैकग्राउंड से टकराता रहेगा। मैं जिस जगह खड़ी होकर तुम्हारा साथ दे सकती हूँ, जगह बदलने पर ज़रूरी तो नहीं इतना भी हो पाए। सम्बन्धों के बन्धन भारी चीज़ होते हैं। घर जाओ, अप्पू। बहुत रात हो रही है और ध्वनि से बात करने की कोशिश करो।"

"सुधा, ध्वनि कोई नहीं है। मैंने कई सालों से सबसे झूठ बोला है।"

सुधा ने उसे ऐसे देखा मानो कुछ समझ में आया हो और कुछ नहीं।

उसने दरवाज़े के पास खड़े होकर सुधा को देखा और उसके कुछ कहने से पहले ही बाहर निकल गया।

"वो रात को घर आया था, उदय।" सुधा ने डॉक्टर से कहा।

"कुछ कहा उसने?"

"कहा तो बहुत कुछ, पर मुझे इतना ही समझ में आया कि वो शायद ध्वनि को लेकर किसी तरह की उलझन में है।"

"कुछ पर्टिकुलर बोला अपूर्व ने?"

"इतना ही कहा कि ध्वनि कोई नहीं है।"

"आई न्यू इट, ध्वनि एक फ़िक्शनल कैरेक्टर है उसकी लाइफ़ में।"

"कोई इतने साल कैसे झूठ बोल सकता है, उदय? तुमने तो ख़ुद उससे कहा था कि ध्वनि से बात करे।"

"ऐसे केसेज़ में लोग सालों तक किसी एक चीज़ को लगातार मैन्युपुलेट कर सकते हैं। पहले तो यूज़ुअली वो लोगों में अपनी एक अलग इमेज बनाने के लिए ऐसे झूठ बोलते हैं और फिर धीरे-धीरे वो ख़ुद इस क़दर इस इमेज में फँस जाते हैं कि कई बार वो ख़ुद ही रियलाइज़ नहीं करते कि ऐसा कोई इनसान है ही नहीं, जिसे वो क्लेम करते हैं और कुछ केसेज़ में वो जानते हैं, पर लोगों के सामने झूठे न पड़ जाएँ इसलिए लगातार इस बात को दोहराते रहते हैं। अपूर्व दूसरी कैटेगरी में फिट बैठता है।"

"इज़ इट अ काइंड ऑफ़ सीज़ोफ्रेनिया?"

"नहीं, वो अपूर्व की कंडीशन से बहुत डिफ़रेंट चीज़ है। हम अपूर्व को उस कैटेगरी में नहीं रखेंगे। ये तो बाइपोलर टू का केस है, सुधा।"

"एक्ज़ेक्टली क्या सिचुएशन है?"

"देखो, मूड्स साइकिलिंग तो होंगी इसे, पर हाइपरमेनिया का पीरियड डिप्रेशन पीरियड के कम्पेरिज़न में कम रहेगा। हद से हद एक या दो साइकिल आएँगी। ऐसे में वो एक आइडिया से तुरन्त ही दूसरे पर जम्प करेगा, बहुत

जल्दी-जल्दी बात करेगा। बहुत ख़ुश दिखेगा और कॉन्फ़िडेंस में ग़ज़ब का उछाल लगेगा, पर यह ड्यूरेशन बहुत छोटा रहेगा या कुछ महीने भर चल के एकदम ही ख़त्म हो जाएगा। इस बीमारी में एलेवेटेड मूड कभी फुल स्विंग पाता ही नहीं, सुधा। अपूर्व के केस में मुझे इस पीरियड का डर नहीं। मेरा कंसर्न उसके डिप्रेशन से है, जो बार-बार उभरेगा और हर बार ज़्यादा ख़तरनाक होगा। आई हैव अ फ़ियर फ़ॉर हिम।"

उदय ने खुलकर कुछ कहा नहीं, पर सुधा समझ गई कि इशारा किस तरफ़ है।

"कोई दवाई? कोई एडवांस मेडिसिन हो उदय जिससे यह ख़त्म किया जा सके?"

"देखो, यह तो हम डॉक्टर्स के लिए भी कहना मुश्किल है कि इसे कम्प्लीटली प्रिवेंट किया जा सकता है या नहीं। अपूर्व के केस में भी क्लोज़ मॉनीटरिंग पर डिपेंड करेगा कि क्या प्रेसक्राइब किया जाए। मोटा-मोटा ये समझ लो कि हाइपरमेनिया के लिए वाल्प्रो-8 देंगे और डिप्रेशन के लिए लिथियम और कुछ कॉमन एंटी-डिप्रेसेंट देंगे और अगर ज़रूरी लगा तो कुछ एंटी-सायकोटिक्स देनी होंगी।"

"उदय, उसने यह बात मुझे ही क्यों बताई? चाहता तो तुम्हें भी बता सकता था।"

"मेरे ख़याल से वो तुमसे इमोशनली ज़्यादा कनेक्ट है और तुम पर उसका ट्रस्ट भी औरों के अपेक्षा ज़्यादा है। मुझसे ओपन होने में अभी और टाइम लगेगा उसे। मैं उसके सेशंस अब वीकली करने वाला हूँ।"

"जैसा तुमको ठीक लगे।" कहकर सुधा उसके क्लिनिक से बाहर निकल आई।

वो उठकर खिड़की के पास पहुँची, फिरा हुआ पर्दा खोला। सामने आकाश पल भर में ही देखते-देखते नीले से काला पड़ गया। छम्म-से एक बादल हवा से

टूटकर गिरा। उसने पल भर में ही सारे आकाश को असंख्य बादलों से पाट दिया। ऐसा ही तो उतरता अगस्त था, वो कोई नौ बरस पहले का। दर-दर सरकता हुआ हवा और पानी का महीना। उसे याद है कि बन्द पंखे में भी उसे झुरझुरी छूट रही थी और वो नंगे फ़र्श पर आराम से लेटा हुआ था।

"सुधा, भूख लग रही है। कुछ खाने को दो, यार।"

"ताज़ा बनाऊँ या चाय से कुछ चलेगा?"

"जो भी हो।"

वह जब चाय लेकर लौटी तो वो खिड़की के बाहर पैर लटकाकर बैठा हुआ था।

"अरे, नीचे उतरो। इस विंडोसिल पर बहुत काई जमी रहती है, रपट जाओगे।"

"कैसा मनहूस दिन है!" उसने उतरते हुए कहा।

सुधा ने देखा, आकाश पर धीमी गति से बढ़ते-बढ़ते बादल हर तरफ़ पसर गए थे। नीम और कनेर के जो दो पेड़ ठीक सामने की ओर थे हवा में ऐसे लहक रहे थे जैसे अभी जड़ से उखड़ जाएँगे। पंछी घरों को लौटने के लिए पंख फड़फड़ा रहे थे।

"कितना तो प्यारा दिन है, अप्पू! ऐसी साँझ कब-कब उतरती है इस शहर के आकाश पर? इन पंछियों को देखो, कैसे राग गाते फिर रहे हैं। हवाएँ बादलों के जूते पहन कितनी मस्त हैं।"

उसने सुधा के हाथ से चाय ली और उसे खिड़की के सामने खड़ा कर दिया।

"घर, घर है तुम्हारे पास इस वक़्त, इसलिए तुम पंछियों का राग सुन रही हो जबकि मुझे तो इस उड़ान में अँधेरे में गुम होते रास्ते की बदहवासी दीख रही है। वो चौथा पंछी उधर नीम के ठीक ऊपर, उसे ज़रा ग़ौर से देखो, कैसे बार-बार नीचे गोते लगा रहा है। जानती हो, इस तरह बार-बार नीचे आना दिमाग़ के डूबने की निशानी होती है, सुधा। हवाएँ नंगे पैर चलती हैं, ये कभी किसी बादल को पैर में पहन ही नहीं सकतीं। इस मौसम में पेड़ों में अँधेरा उतरता है, ठीक वैसे

ही जैसे मेरे अन्दर। आसमान में भी भँवर उठता है जो धीरे-धीरे समूचा आदमी निगल जाता है। इन बादलों के मौसम में बहुत-सी इमारतें ढह जाती हैं। ये डोर धीरे-धीरे आपको लटकता हुआ छोड़कर ग़ायब हो जाती है और फिर आप हवा में हाथ-पाँव मारते रहते हैं।"

"ऐसी फ़िज़ूल बातें न करा करो।"

"हर आदमी अपने संघर्ष से ही चीज़ें देखता है। तुम मेरी कंडीशन क्या जानो?"

"संघर्ष की बात न करो, अप्पू। तुम्हारी तरह संघर्ष से डरते तो कब का ख़त्म हो गए होते हम। अम्मा जब अस्पताल में भर्ती हुईं तब मेरे अलावा और कोई नहीं था घर भर में। अस्पताल से घर, घर से अस्पताल। उसके बाद एक घंटे अनूप भाई साहब के घर गणित पढ़ने जाती थी। वहीं दिन भर की पहली चाय मिलती थी। पुराने, घुंडी टूटे चीनी मिट्टी के प्याले में। वो अपमान भी मन मारकर इसलिए पी जाती थी कि टूटे कप में ही सही, पर ख़ाली पेट को कुछ मिल तो जाता था और पढ़ने का साधन तो बन ही रहा था। अम्मा ख़त्म हुईं तब हाई स्कूल के पहले पेपर में पाँच दिन बचे थे। सोचो, उसके बाद भी मैंने इम्तिहान दिए, पूरी पढ़ाई की, एम.एस-सी. की, डाइटीशियन का कोर्स किया। हॉस्टल में दोस्तों को बर्तन तो छोड़ो, मेरे पानी पीने के बाद प्लास्टिक की बोतल तक को माँजते देखा है। ऐसी जात से जिसका काम मैला, गन्द उठाना हो उससे निकलकर कोई पढ़-लिख ले, तिस पर नौकरी भी कर ले, इस संघर्ष का तुम हिसाब लगा सकते हो। इसीलिए कहती हूँ, अपने मन को कंट्रोल करना सीखो, ऐसे ऑटो सजेशन दोगे मन को तो कंडीशन बिगड़ेगी ही। लाँघने को तो आदमी समन्दर लाँघ जाए अप्पू, पर कौन अपना माथा लाँघ पाया है कभी? जिस-जिस ने भी यह कोशिश की, अपनी जान पर ही बना ली। जाओ काउंसलर से रेगुलरली मिलो और चीज़ों को ज़रा होल्ड करने की कोशिश करो।"

"इतना आसान तो नहीं यह सब।"

"अरे आसान नहीं, पर विल पॉवर नाम की भी एक चीज़ होती है। उसे

मज़बूत करो और देखो क्या होता है फिर?"

सोचते-सोचते उसने खिड़की पर पर्दा फिर से सरका दिया।

मौसम लगभग डेढ़ महीना ख़राब रहने के बाद अब ज़रा-सा खुला था। पहाड़ों की पीठ लगातार कई दिन नहाने से इस ज़रा-सी खिली धूप में चाँदी-सी चमक रही थी। ऐसे ही मौसम के बाद इन्हीं पहाड़ों से उतरती धूप सबसे ज़्यादा थकी और असन्तुलित होती है। यह थकान अपनी तलहटी में बहुत एकाकी है। इस दौरान सुधा की लगातार प्रशान्त से बात होती रही। प्रशान्त ने ही उसे बताया था कि वह घर लौटकर आने के बाद भी सारा-सारा दिन सोया रहता है। कई-कई दिन नहाता भी नहीं है। दो-दो तीन-तीन दिन एक ही चायदान में चाय बनाता रहता है, उसी को सिंक में पटक देता है, उसी को सिंक से निकाल बिन माँजे गैस पर चढ़ा देता है। इस बात को सोचकर ही सुधा का मन ख़राब हो गया। कितने रिफ़ाइंड टेस्ट का आदमी था, और अब देखो? जो रात को भी प्रेस किए कपड़े पहन के सोता हो, अब तीन-तीन दिन एक ही जोड़ी में गुज़ार देता है। अम्मा कहा भी करती थीं, "बीमारी कैसी भी हो सुधा आदमी की गत बिगाड़ देती है। टट्टी-पेशाब की बीमारी से लेकर सादी छींक-खाँसी तक आदमी को खोल के रख देती है। बड़ी बीमारियों के बारे में तो सोचना ही क्या?"

अम्मा के अनुभव से उपजी बात आज उसे अपूर्व के लिए कितनी सटीक लग रही है? कल वो देहरादून लौट जाएगी और वहाँ से परसों दिल्ली। बस, दो ही दिनों की तो बात है। पर सोचने में दो दिन जितने छोटे लगते हैं, कभी-कभी गुज़रने में बहुत लम्बे पड़ जाते हैं।

"कहाँ पहुँचीं?" प्रशान्त का फ़ोन सुबह-सुबह ही आ गया।

"अभी तो गाड़ी दिल्ली के बाहर ही खड़ी है। लगभग घंटा भर और लगेगा।"

"ठीक है, मैं वहीं मिलूँगा।"

प्रशान्त के साथ उदय की क्लिनिक का हेल्पर भी था। उसे वहाँ देख उसके मन में किसी चीज़ का खटका हुआ। अक्सर ऐसी यात्राओं से लौटने पर प्रशान्त

ही उसे रिसीव करने आया करता था, पर आज?

"सामान ये ले जाएगा। हम लोग सीधे उदय के पास चल रहे हैं।" प्रशान्त ने कहा।

"उदय कहाँ है?" सुधा ने पूछा।

"मालवीय नगर थाने। अपूर्व हैंग्ड हिमसेल्फ।"

इसके आगे सुधा को कुछ पूछने की ज़रूरत ही नहीं पड़ी। वह वहीं सीढ़ियों पर बैठ गई। आने-जाने वाले लोग उसको रोता देख उसे घेरकर खड़े हो गए। अपने आस-पास मजमा-सा जमता देख उसे होश आया। वह उठ खड़ी हुई और प्रशान्त का हाथ थामे स्टेशन से बाहर निकल आई।

"कब हुआ?" उसने पूछा।

"शायद कल शाम या रात को। पुलिस को रात तीन बजे ख़बर मिली। किसी मोटरसाइकिल वाले की गुज़रते हुए खिड़की पर नज़र गई तो पता भी चल गया। उसी ने इन्फ़ॉर्म किया पुलिस को।"

उसके बाद सुधा ने रास्ते भर एक शब्द भी नहीं कहा। थाने में भी वह चुप ही रही। उदय उसकी केस हिस्ट्री, दवाइयों के पर्चे, सफ़दरजंग हॉस्पिटल की रिपोर्ट्स सब लेकर वहाँ मौजूद था। सुधा ने देखा, उदय के चेहरे पर कैसा भी भाव नहीं है। शायद पुलिस से ऐसे मिलना डॉक्टर्स के लिए आम बात हो, उसने सोचा।

"कुछ मिला सर आपको घर से?" प्रशान्त ने टीम के हेड से पूछा।

"किन्हीं सुधा के नाम एक नोट और जेब में से एक पर्ची जिस पर 'सितारे सफ़र के देखते हैं' लिखा हुआ है।"

"मैं ही सुधा हूँ। यह फ़राज़ की ग़ज़ल की एक लाइन है। बहुत पसन्द है, मतलब, बहुत पसन्द थी उसे यह ग़ज़ल।" सुधा ने कुर्सी से उठते हुए कहा।

सुधा के हाथ में उसकी वही चिट्ठी थी जो वो उसके लिए छोड़कर गया था। इन सालों में वह इसे जाने कितनी ही बार पढ़ चुकी थी।

सुधा,

घर लौट आया हूँ हॉस्पिटल में हफ़्ता भर रहकर। घर आकर किसी काम में मन नहीं लगता। सारा-सारा दिन बस नींद-सी हावी रहती है। जब से आया हूँ तब से कुछ नहीं सूझता। दिमाग़ एकदम ही ख़ाली रहता है। हाँ, पर हॉस्पिटल में जब भी अकेले कभी चमकदार तारों और बड़े चन्द्रमा वाले आकाश को देखता था तो मेरा मन उस चमक के पीछे अँधेरे को तलाशने लगता था। मन ऐसा कमरा ढूँढ़ लेता था जहाँ मेरे बहुत सारे प्यारे लोग एक साथ बैठकर हँस-बोल रहे हों। मुझे ऐसा लगता था कि हँसता हुआ जो इनसान सामने बैठकर बात कर रहा है, ठीक उसी पल वही इनसान उस भीड़ से हाथ छुड़ा कहीं किसी अँधेरे में खोने के लिए उठ रहा हो। ऐसा सोचकर बहुत उदास हो जाता हूँ और अपनी आँखें बन्द कर लेता हूँ। इन बन्द आँखों से मैंने कितने ख़ुशबाश लोगों को हाथ छुड़ाकर जाते देखा है। ऐसा लगता है कि हम सब के मन में रौशनी के लिए एक रौशनदान होता है, पर मैंने अपने उस रौशनदान पर जाने कैसे अँधेरा रख दिया है जो अब हटता ही नहीं। तुम कहा करती थीं कि लाँघने को तो लोग समन्दर भी लाँघ जाते हैं, पर अपना माथा कौन लाँघ पाया है, अपना साया कौन पार कर पाया है? सो, इन दिनों लम्बी परछाइयों को पार करने की कोशिश में हूँ, अपना ही माथा लाँघने की कोशिश कर रहा हूँ। शायद लाँघ ही जाऊँ। घर बदल लेना। कब तक उस ख़राब लिफ़्ट वाले घर में रहोगी।

—अप्पू।

"घर तो कब का बदल लिया और तुम सिर्फ़ ख़ुद को ही नहीं, हम सबको लाँघकर चले गए। यू वर ऑलवेज़ अ मैन ऑफ़ सेल्फ़ पिटी, अप्पू।"

कहकर सुधा ने काग़ज़ के उस टुकड़े को मोड़कर गद्दे के नीचे सरका दिया। लैम्प बुझाया और बिस्तर पर लेटकर आँखें बन्द कर लीं।

उदास बारिशों की शाम और एक हवा का पंछी

1

मरने वाले की आँखें खुली रह जाएँ तो वापसी के सफ़र में वो राह भूल जाता है, ऐसा उनका मानना था और एक इस डर के कारण वह नींद में भी कई बार अपनी आँखें टटोलकर देख लिया करती थीं कि जाने खुली हैं या बन्द। उनके इस सफ़र में तो हर जगह धूल ही धूल बिखरी पड़ी है। उनका पहला सफ़र ही इतना धूल-धूसरित, लिथड़ा हुआ है कि दूसरी बार लौटने के सफ़र में कोई गर्द ले जाने की चाह नहीं है उनकी। सो, इस एक बात पर अड़कर उन्होंने ख़ुद अपनी ही नहीं घर भर में सबकी बन्द आँखों पर हाथ फेर-फेरकर देखा है। कई बार तो सोते हुओं को जगाकर यह कहा भी है, "अरे! आँखें बन्द करके सोओ। ऐसे खुली आँख कौन सोता है तुम्हारी तरह? जैसे जियो वैसे मरो भी, इसमें क्या तुक है भला?"

अब उन्हें विनीता मिश्रा कहूँ या सबकी तरह विन्नू जिज्जी कहकर पुकारूँ। विन्नू जिज्जी, जो चौंतीस में चवालीस की लगने लगी थीं। चौंतीस में चवालीस का लगना कोई बहुत बड़ी चीज़ नहीं, बड़ी चीज़ तो तब होती जब वह चौबीस की दिखतीं। कपड़े के बैग-बस्ते बनाने वाली फ़ैक्ट्री में हवाई चप्पल पहन घंटों मशीन चलाकर कोई उम्र से छोटा कैसा दिख सकता है, उन्हें यह जादू आता ही नहीं था। हो सकता है कि उन्होंने यह जादू सीखना चाहा हो, पर न सीख पाने

की झुँझलाहट में उम्र को यूँ ही फलाँगने दिया हो। होने को तो यह भी हो सकता है कि उन्हें इस बात का कोई दु:ख होता हो कि वह इस जादू को सीख नहीं पाईं। उनके हिसाब से दु:ख एक ऐसे प्याले में रखी चीज़ है, जिसे आप उँगलियों से पकड़ नहीं सकते और उसकी सुख जैसी झूठी भाप से नमी की कोई आस भी नहीं मिलनी। वह कहती हैं कि फिर भी यह प्याला बारहा छलकता है और पीनेवाले के होंठ जलाकर अन्दर एक खौलता घूँट छोड़ जाता है।

विन्नू जिज्जी की आँख जितने भी मंज़र देख चुकी है, उससे भी ज़्यादा तो उसने ख़ारिज कर दिए हैं। जब विन्नू जिज्जी उनतीस की हुईं तो टीन वाले पंडित जी के घर उनका रिश्ता तय हुआ, पर बाद में एक दिन वह मना कर बैठीं कि ऐसे घर बियाह के न जाएँगी जहाँ सुबह-शाम टीन पीट-पीटकर कनस्तर-पीपे बनाने का काम होता हो। वहाँ से बात टूटी तो उनकी बात कहीं और बन नहीं पाई फिर। मधुसूदन मिश्रा (दीनू मिसरा) और मिश्राइन (मुहल्ले के लिए मिसराइन) अन्दर-अन्दर ख़ुश ही हुए कि कमाती-धमाती लड़की अभी से परायी नहीं हो जाएगी। भुवन से उन्हें वैसे भी कोई आस नहीं थी। उसका काम तो यूँ भी बहन के बटुए में से कभी दस रुपए निकालकर तो कभी सौ रुपए निकालकर चल ही रहा था। एक बार अगर विन्नू जिज्जी को पता चल जाए कि भुवन उनके पैसे में सेंध मार गया है तो उसके बाद मोहल्ले भर के मनोरंजन का इन्तज़ाम हो जाता था। भुवन के मिलते ही जो भी चीज़ विन्नू जिज्जी के हाथ लगती, उसी से उसकी पिटाई होती, फिर चाहे चप्पल हो, जूता हो या चौके की थाली-बिलिया हों। साथ-साथ वह फ़ैक्ट्री में सुनी हुई उन गालियों को भी बक देती थीं जिन्हें अकेले में सोचने पर भी शर्म आए। पर वह अब सोचती हैं कि भुवन अगर एक बार उनके सामने पड़ जाए तो अपनी सब पूँजी उस पर वार दें, पर अब वह कहाँ? वह अक्सर सोचती रहीं कि घर...जिन्हें हम घर कहते हैं क्या वो सच ही में हमारे लिए घर हैं। रंग-बिरंगी दीवारें, उन पर चिपके चितकबरे चित्र या सिरों के ऊपर घूमते पंखे क्या सच ही में हमारे लिए घर बनाते हैं? कई बार किसी सर्पीली पगडंडी में खिला कोई घास में अटका फूल ज़रा देर को मुक़म्मल घर

हो सकता है, ठीक वैसे ही जैसे किसी आँख का आँसू आन की आन समन्दर लग सकता है। विन्नू जिज्जी एक सपना बार-बार देखती रहीं कि वह चली जा रही हैं किसी ऐसी जगह, जहाँ दूर-दूर तक कोई घर नहीं। बस, नीम की-सी शक्ल वाले किन्हीं अनजाने पेड़ों की अन्तहीन क़तार है जिस पर से हल्के पीले फूल बारहों मास झड़ते हैं। चलते-चलते जिस जगह पेड़ों की यह क़तार ख़त्म होती है, ठीक उसी जगह से एक पुल शुरू होता है, जिसके दोनों तरफ़ लोहे की पीली-काली रंग उड़ी रेलिंग हैं। इस पुल पर चलती-फिरती गाड़ियों के बीच से बचती-बचाती वह जाने कहाँ भागी जा रही हैं। दौड़ते-दौड़ते हाँफने पर वह जहाँ रुकती हैं, वह जगह घर नहीं कोई थाना है, जिसके दरवाज़े पर ख़ून में लिथड़ा हुआ भुवन पड़ा है और वह इतनी थकी हुई हैं कि आगे बढ़कर उसे उठा भी नहीं पा रहीं। वह हिम्मत करके आगे बढ़ना चाहती हैं कि अचानक उनके सामने एक पेड़ निकल आता है। पेड़ से बच, हिम्मत कर वह तेज़ क़दमों से उसकी तरफ़ जाती हैं पर थाने की सीढ़ियाँ जाने कैसे ग़ायब होकर छज्जे में बदल जाती हैं, और एक हरहराती नदी वहाँ निकल आती है, और विन्नू जिज्जी उसमें डूब जाती हैं।

2

दीनू मिसरा तो शुरू से ही ख़ुद में मगन रहने वाले जीव थे; न कभी उन्होंने बाल-बच्चों पर नज़र टिकाई, न ध्यान ही दिया। सो नतीजतन, दोनों बच्चे पकड़ से दूर निकल गए, ख़ासकर भुवन। वह यह कह सकते थे कि यह घर धीरे-धीरे उनके हाथों से फिसलकर जाने कब का मिट्टी में मिला, पर वह मन-ही-मन जानते थे कि उनका यह घर-परिवार हमेशा से मिट्टी में ही पड़ा हुआ था, जिसे बाहर निकालने की उन्होंने कभी कोशिश नहीं की। तो हुआ यूँ कि सालों तक गिरते-पड़ते अब इस घर का बोझ विन्नू जिज्जी के कन्धे पर था। इस परिवार

को तारने का, पार लगाने का जो सपना था, जिसमें अब दीमक लग चुकी थी, वो सपना जिसमें से मिट्टी झड़ती थी, वो अब विन्नू जिज्जी की घनी पलकों पर आकर बैठ गया था। इस मिट्टी से ख़ुद को बचाने के लिए वह जब भी अपनी आँखें बन्द करतीं तो उनकी आँखों में देर तक रौशनी के धब्बे जलते-बुझते रहते जैसे किसी कैमरे का फ़्लैश। बहुत बार उन्होंने चाहा कि जाकर माँ-बाप के सिर इस सपने को पटक आएँ और कहें कि 'मुझसे नहीं समेटा जाता यह रोज़-रोज़ का गिरता बुरादा', पर जो होना नहीं था, वह हुआ नहीं। सो, कभी-कभी विन्नू जिज्जी की आँख से एक बूँद कहीं छलछलाने को बेचैन हो जाती थी, पर इस एक बूँद को कभी इतना मौक़ा ही नहीं मिला कि वह आँख के इस किनारे से उस किनारे तक तैर पाए। आत्मा जैसी जो भी चीज़ रही होगी, उसे विन्नू जिज्जी नित रोज़ की फ़रमाइशों में जाने कहाँ रखकर भूल गई थीं?

"ऐ विन्नू, कल हमारे लिए मैक्सी ले आओगी एक? गर्मी बढ़ गई है, अब धोती पहनी नहीं जाती।"

ये मिसराइन के आख़िरी शब्द थे। उसके बाद वह जाने किस मौन में धँस गईं कि कई सालों तक बोलीं ही नहीं, बस चुपचाप घर भर में चलती-फिरती रहती हैं। भुवन को पुलिस पहले भी एक-दो बार उठाती रही थी और फिर घंटे-दो घंटे में छोड़ भी देती थी, पर इस बार चार दिन हुए, उसका कोई पता ही नहीं। भुवन का इन्तज़ार देख-देख मिसराइन ने उस रात मिसरा जी और विन्नू जिज्जी के सामने घोषणा कर दी कि अब जब तक भुवन वापस नहीं आ जाता, वह मौन व्रत रखेंगी फिर चाहे हफ़्ता लगे या दस दिन। हफ़्ता-दस दिन की बात करते हुए मिसराइन को कहीं भी यह भान नहीं था कि ये इन्तज़ार, ये खोज, ये चुप की सियाही ढलककर अगले कई सालों को काला कर जाएगी। विन्नू जिज्जी ने अजवाइन डला कड़वा तेल तैयार करके रख लिया था, हल्दी-तुलसी के काढ़े का मसाला बनाकर रख छोड़ा था कि जब हमेशा की तरह वह पुलिस की मार खाकर घर लौटेगा तो यही सब काम आएगा उसके, पर इस बार वह हमेशा की तरह लौटा ही नहीं। साँय-साँय करते घर का सन्नाटा अब उनके सीने में उतरने

लगा था। वह बात-बेबात अनुपस्थित भुवन को गाली देकर कोसा करतीं कि शायद ऐसा करने से वह वापस आ जाए।

"हरामज़ादा जाने कहाँ मर रहा होगा? अपना फूटा मुँह ले दोस्तों के घर जा के छुपा बैठा होगा। यहाँ घर भर की जान हलकान है।"

कोई और दिन होता तो मिसराइन उन्हें खुलेआम गाली देने पर टोक देतीं, पर अब न तो मौक़ा-महल ऐसा है और न ही वो अपना मौन तोड़कर उम्मीद को ख़त्म करना चाहती हैं। सो जो जैसा, जितना बोल रहा है, बोलता रहे। बस, लड़का लौट आए एक बार।

"हरामी अब क्या कर गया? कुछ फूटेगा तुम्हारे मुँह से मिसरा जी या हमेशा की तरह डर है कि इसमें जमा दही मट्ठा बन जाएगा?" विन्नू जिज्जी ने कुर्सी पर बैठे मिसरा जी की तरफ़ गोटी फेंक दी।

"सिंहानी के किसी पनवाड़ी की दुकान पर सेंधमारी की थी दोस्तों के साथ। उसी पानवाले की शिकायत पर उठा ले गई पुलिस।" मिसरा जी ने उन्हें जानकारी दी और एक गहरी साँस छोड़कर यह जतला दिया कि अब तुम जानो तुम्हारा काम जाने।

"किन दोस्तों के साथ कांड कर गया, नाम-पता है उनका? पानवाले से जाकर मिले तुम?"

"नहीं, यह तो ध्यान में ही नहीं आया।" मिसरा जी ने ऐसे कहा जैसे मानो तुरन्त ही घर के बाहर जा भुवन के दोस्तों का पता लगाएँगे।

"देख लो तुम इस आदमी को, कितना निकम्मा है? लड़के को पुलिस ले गई और यह औरतों पर ज़िम्मेदारी डाल चैन से खैनी-तम्बाकू खा रहा है। दोनों बाप-बेटे परले दर्जे के हैं। किसलिए ढो रही हो तुम इन्हें, मम्मी?" और वो हरामी कहता था, "ऐ विन्नू, तुम ग़ुस्सा होती हो तो 'जीवन-धारा' फ़िल्म की रेखा-सी लगती हो। किसे पता था कि कमीना ऐसी नौबत लाकर छोड़ देगा। आए लौट के ज़रा, टाँगें न तोड़ के रख दीं तो नाम नहीं मेरा।" उन्होंने मिसराइन से कहा।

मिसराइन क्या कहतीं? बस ज़ोर-ज़ोर से साँसें भरती रहीं। यह इशारा था कि उनका ब्लड प्रेशर बढ़ रहा है।

"एक सोर्बिट्रेट रख दो इनकी जीभ के नीचे, दस मिनट में आराम पड़ जाएगा।"

विन्नू जिज्जी ने पलटकर देखा कि दीनू मिसरा कुर्सी पर वैसे ही पैर मोड़े बैठे थे। अपनी जगह से हिले भी नहीं और वहीं से बैठे-बैठे उन्हें आदेश दे रहे थे। उन्होंने एक तिरस्कार वाली नज़र से उन्हें देखा और डायनिंग टेबल की तरफ़ बढ़ गईं। मेज़ पर से दवाई उठाते-उठाते उनकी आँखें ठिठककर एक तस्वीर पर जा रुकीं। कितना वक़्त हुआ इसे लेकर गए, कोई ख़बर ही नहीं मिली कहीं से। उन्होंने निगाह फेरी, दवाई खोली, माँ की जीभ के नीचे रख दी। फिर आगे बढ़कर झटके से मिसरा जी के पैर खींच के कुर्सी से नीचे कर दिए।

"सारा दिन पड़े-पड़े कुर्सी तोड़ते रहते हो। ख़ुद ही उठकर दवाई दे देते इन्हें तो क्या हो जाता? काम भी करो और लाट साहबों के नख़रे भी झेलो। कल थाने चले जाना। हर बार मुझे ही जाना पड़ता है पता करने। किसी दिन तुम भी चले जाओगे पूछने तो कुछ घिस थोड़े जाएगा? आख़िर लड़का है तुम्हारा।" विन्नू जिज्जी ने तस्वीर की तरफ़ देखते हुए ज़रा तल्ख़ी से कहा और बड़बड़ाते हुए कमरे से बाहर निकल गईं।

3

नदी जीवन भर कछार पर रेत सहेजती रही कि एक दिन कछुए वहाँ जाकर अंडे सेएँगे, रेत हमेशा नदी से यूँ जुड़ी रही कि वहाँ से ठंडक ले जाकर रेगिस्तान की रातों को ठंडा रखेगी। रातें उठकर धुँधले शहरों के आसमानों पर छा गईं, जहाँ तारे नज़र नहीं आते थे। इन शहरों के लोग अक्सर नदी के पास जाकर बारिश का रास्ता देखा करते थे कि पानी पड़े, आसमान साफ़ हो तो कभी तारे भी चमकें।

भाप उठती रही, पानी पड़ता रहा, कभी-कभार तारे भी दिखे, पर भाप उठने और पानी पड़ने के बीच पानी के मन में से जमने की चाह ख़त्म हो गई। अब पानी कछार की रेत साथ लेकर वापस लौट जाता है नदी में...विन्नू जिज्जी ऐसी ही एक नदी थीं जो चाहती थीं कि भुवन सुधर जाए, काम-धन्धे से जुड़े और रेत-सी तपती उनकी ज़िन्दगियों में छाँव की तरह रहे। पर उसने जाने क्या सोच रखा था कि जो भी चाल चलनी है, ज़माने से उलटी ही चलनी है। धीरे-धीरे विन्नू जिज्जी के सारे अरमान, हथकंडों पर उसने पानी फेर दिया। छोटे-मोटे दाँव तो वह घर ही में लगाने लगा था और बड़े दाँवों के लिए उसके आस-पास दोस्तों की एक ऐसी भीड़ जमा होने लगी थी कि जिन्हें देखकर कोई कह नहीं सकता था कि भुवन उनका सरगना है या उनके चक्कर में आकर वह लीक से उतर गया है।

"ये बड़ा टी.वी. किसका रखा है बाहर वाले कमरे में, मम्मी?" उन्होंने ड्राइंग-रूम में रखे टी.वी. को देखकर कहा।

"पता नहीं, भुवन लाया रात को कहीं से। मैंने पूछा तो बोला दुछत्ती वाले कमरे के लिए लाया है।" मिसराइन ने कहा।

"दुछत्ती वाला कौन-सा कमरा पैदा हो गया इस घर में?"

"चौके के ऊपर वाली दुछत्ती में गद्दा, रॉड, टेबल-फैन, किताबें, पानी का केम्फर, डिश का तार—सब लगा रहा है सुबह से। कह रहा है, कमरा बना रहा है अपने लिए, उसी में लगाएगा ये टी.वी.।"

"पूछ लो कहीं से चुरा के तो नहीं ले आया? अभी रुको, इसके कमरे का भूत निकालूँ मैं।"

"अरी! रुक जा, चैन लेने दिया कर कभी तो उसको। हमेशा पीछे पड़ी रहती है उसके।"

"मरो, मेरा क्या है? अभी अड्डे वाले ताऊ जी मिले थे। बता रहे थे, भाई साहब मेडिकल स्टोर वाला काम छोड़ आए हैं।"

"क्यों? कोई बात हुई होगी। ऐसा बावरा थोड़ी है कि जिसमें चार पैसे मिल रहे, उस काम को छोड़ दे?"

"ऐसे ही बावरे हैं। दवाइयाँ देने जाने में धूप लगती तुम्हारे सुकुमार को, गर्मी खा जाते हैं। ताऊ जी कह रहे थे कि पूछ लेना बहुत आराम चाहिए तो नेता लगवा दें कहीं इनको?"

"भाई साहब की भली चलाई। उन्हें तो खुन्नस है हम सबसे।" मिसराइन ने कहा।

"तुमने ही नास किया है इस लड़के का। भुगतना हम सब को पड़ेगा। याद नहीं तुमको, किराये के पैसे चुराकर दाऊ जी का मेला देखने भाग गया था हाथरस और मार-पीट करके लौटा था। साल भर में पुलिस से कितनी बार दो-चार हुआ है? अभी डाँट-डपट, पीट-पाट के छोड़ देते हैं तो ग़नीमत है। कल को कोई केस-वेस बना दिया तो देखना।" विन्नू जिज्जी ने कहा।

विन्नू जिज्जी आज फिर थाने से ख़ाली हाथ लौटकर आई थीं। पिछले डेढ़ साल से इलाक़े के हर छोटे-बड़े थाने में, चौकी में बार-बार चक्कर लगाकर हार चुकी थीं वह। मिसराइन दिनों-दिन अपने चुप के कुएँ में धीरे-धीरे नीचे उतरती जा रही थीं; उनके अन्दर यह बात घर कर गई थी कि लड़का तो चला गया अब, पर उन्हें डर था कि कहीं मन की बात कही, या ये मौन व्रत टूटा तो उसके लौटने की जो ज़रा-सी उम्मीद है, वह इस व्रत के फेल होने से खो जाएगी। दीनू मिसरा ने इस स्थिति की आड़ में आत्मसमर्पण कर दिया था और एक कुर्सी में धँसकर बैठे रहने लायक उपस्थिति बना रखी थी, या बहुत हुआ तो यदा-कदा बाहर जाकर लौकी-तोरई लाकर धर दीं घर में। यूँ भी वह इस रोज़-रोज़ के थाने, चौकी की भागदौड़ से बचे हुए थे। सालों पहले जब कभी-कभार उन्हें बाप होने का फ़र्ज़ याद आता तो वह एक ही काम करते थे कि कहीं से आई किसी शिकायत पर भुवन की मार लगाना और मिसराइन से कहना कि उसे खाना न दें तभी सुधरेगा ये। घर के दमघोंटू माहौल में ये सब सोचते-सोचते वह कब सोईं, उन्हें याद भी नहीं। नींद में उन्होंने एक सपना देखा कि उनके पास एक कलंदर आया, उनके माथे पर हाथ रखा। कलंदर ने उनके पसीने से भीगी

अपनी हथेली देखी। उनके पसीने की गरमी कलंदर की नसों में ठहर गई थी। पंखा इतने धीमे-धीमे हवा फेंक रहा था कि उसकी खुली हथेलियों पर उनका पसीना जमा ही नहीं, बूँद-बूँद करके ज़मीन में डूब गया। कलंदर जाने किस पोटली में हाथ डालकर दो कठपुतलियों को निकाल उनके सिरहाने रख वापस लौट गया। उन्होंने करवट बदली, पसीने की कुछ बूँदें गले के पास आकर, गोल हड्डी के कोटर में ठहर गईं।

"रात कितनी लम्बी है, है ना? बीतती ही नहीं।" जाने कौन-सी कठपुतली बोली।

"ये उदास है बहुत। इसके गले के तालाब में मुझे उस उदासी की झलक दीख रही है।" जाने पहली ने कहा, दूसरी ने सुना या दूसरी ने कहा, पहली ने सुना।

रात आधी बीती, प्यास का सूखा गला लेकर वह जागीं, पैरों में पलंग के किनारे रखी घिसी हुई चप्पल डालकर उठीं। नज़र सिरहाने रखी हुई कठपुतलियों पर पड़ी। उन्होंने उन्हें उठाया, उलट-पलटकर देखा और चौंक गईं। इनमें से एक भुवन की थी, जिसे कभी हाट से ख़रीदा था। यह यहाँ कैसे आई?

आने वाली चीज़ें कभी भी कहीं से भी निकल आती हैं, पर उन्हें वापस रखना इस बात पर निर्भर करता है कि पहले यह जाना जाए कि उनका लौटकर आना कितना ज़रूरी था...विन्नू जिज्जी वैसे ही आधी नींद में डूबी घर के बाहर बने चबूतरे पर आ सुस्त-सी बैठ गईं। हवा में हल्की ठंडक और मिट्टी की महक मिली हुई थी। वह आया और उनके पास आकर बैठ गया।

"आज कहाँ गई थीं?" उसने पूछा।

"सिंहानी चौकी।" वह नींद में बड़बड़ाईं।

वह उनकी तरफ़ देखता रहा, जैसे जानता हो कि उन्हें वहाँ क्या जवाब मिला होगा, फिर भी पूछ बैठा।

"क्या बोले?"

"कहते हैं, रोज़-रोज़ मत आया करो। उन्हें और भी तो काम होते हैं। एक मेरे ही भाई की गुमशुदगी अव्वल नहीं उनके लिए। मैं ध्यान दिलाती हूँ कि

गुमशुदगी नहीं है। मेरे भाई को आप ही की कोई पुलिस उठाकर ले गई थी और डेढ़ साल हुआ, वह वापस ही नहीं आया। तो कहते हैं..."

"क्या कहते हैं, विन्नू?"

"कहते हैं, हमें तो यह भी नहीं मालूम कि कहाँ की पुलिस उठाकर ले गई। यहाँ तो हापुड़, पिलखुआ, दादरी, नोएडा, ग्रेटर-नोएडा, आगे बढ़कर मेरठ, बुलन्दशहर तक कितने थाने, कितनी चौकियाँ हैं, कौन जाने कहाँ की पुलिस ने दबिश दी हो? कांड भी जाने क्या किया हो, क्या पता? कहते हैं कि उन्होंने पानवाले से भी पूछा पर वह कहता है कि उसने किसी जगह कोई शिकायत नहीं की। उसका कभी कोई रार-मसला हुआ ही नहीं किसी के साथ।"

"क्या उन्होंने तुझे सच में ही मार दिया?" विन्नू जिज्जी ने वैसे ही नींद में डूबे-डूबे पूछा।

वह चुप रहा इस बात पर। कुछ नहीं बोला, जैसे उसके पास इस बात का कोई जवाब नहीं था या उसे ख़ुद पता नहीं था कि क्या हुआ था? वह जाने को उठ खड़ा हुआ। विन्नू जिज्जी ने देखा, उसके पाँव हल्के-से काँपे।

"क्या हुआ पैर में?" उन्होंने उसका हाथ पकड़कर पूछा।

"याद है विन्नू तुमको, जब मैं चौदह साल का था तो पिछली गली में जो भाड़ चलता था, वहाँ से एक दिन भड़भूजे ने पापा से मेरी झूठी शिकायत कर दी कि मैंने उसके गल्ले में से डेढ़ सौ रुपए निकाले हैं। इस बात पर पापा ने मेरी कितनी पिटाई की? सारे कपड़े उतार, एकदम नंगा कर इसी चबूतरे पर यहीं इसी खम्भे के पास खड़ा कर दिया था। आस-पास वाले सब देख रहे थे। बड़े लड़के दूर से आते-जाते अश्लील इशारे कर रहे थे। उसी दिन सोच लिया था कि पापा को सबक सिखाना है। उन्हें सबक सिखाने के लिए मैंने इन लड़कों से दोस्ती की और इस रास्ते आ निकला। जैसे तब पापा ने मुझे पीटकर, बाहर नंगा खड़ा कर दिया था, वैसे ही पुलिस ने उस दिन नंगा कर मुझे ठंडी स्टील की मेज़ पर पटक दिया था। बर्फ़-सी ठंडी उस मेज़ पर पड़े रहने की वजह से मेरे कूल्हे आज तक सुन्न हैं। मेरे टखनों के बीच लकड़ी की गिट्टक फँसाकर उन्होंने पंजों

को ऐसे घुमाया कि दोनों टखनों की हड्डी चूरा-चूर हो गई। तब से चलने में ऐसी ही तकलीफ़ है। मेरी बाक़ी की सारी हड्डियाँ भी ऐसे ही चूरा-चूर कर दीं उन्होंने। मैं सच कहता हूँ विन्नू, इस बार मैंने कुछ नहीं किया था।" वह बोला।

"मैंने पापा को कितना समझाया कि किसी बड़े अफ़सर से मिल लो, जुगाड़ बैठा लो और दादरी वाली ज़मीन उसके नाम कर दो। कम-से-कम कुछ तो बात बनेगी तेरा पता लगाने में।"

"फिर?"

"अरे! साफ़ मना कर दिया। हरामख़ोर कहता है कि अब कोई फ़ायदा नहीं, ज़मीन देने से भी क्या भुवन मिलने वाला है? वह तो हिलने को राज़ी नहीं तो ज़मीन क्या देना?" विन्नू जिज्जी ने उसका हाथ छोड़ते हुआ कहा।

4

मौसम बदल गया था; आँधी-अन्धड़ का मटमैला, घिसा हुआ आकाश बरसात के बाद धुल-पुँछकर रात के बादलों के पीछे छुपा हुआ था। उसे ढूँढ़ने में विन्नू जिज्जी की कितनी चप्पलें घिसीं, उनकी हिम्मत कितनी बार टूटी, कहाँ-कहाँ उन पर हाथ डालने की कोशिश हुई, उन्हें इस तलाश की थकन में ऐसी किसी बात का कोई होश नहीं। घर से फ़ैक्ट्री, फ़ैक्ट्री से थाना-कोतवाली-चौकी और फिर वापस घर। अब यही उनका दायरा रह गया था। दिन कब ढलता है और बादलों से आकाश कैसे यूँ ही अचानक भर जाता है, उन्हें पता ही नहीं चलता। बारिश की शाम रोज़ ऐसे ही चली आती है यहाँ। उन्होंने देखा, उजाले वाली इस रात में कहीं-कहीं किसी बादल के पर्दे से निकल, चिरी हुई झिरीं में से भागकर चाँदनी की एक रेखा आकर उनकी खिड़की पर दस्तक दे जाती है। बन्द खिड़की में वह रौशनी को देख भले ही न पाएँ, पर उन्हें लगता है कि खिड़की के उस पार की लकड़ी पल भर को उजाले में सराबोर हो गई होगी। खिड़की की पीठ

पर भी यूँ तो हल्का उजाला चमकता ही है। गीली, ओस-उमस की अँधेरी रातों में छटाँक भर चाँदनी ही बड़ी चीज़। उन सड़कों पर जहाँ बादल घिरते ही बत्ती चली जाए, टिमटिमाते लैम्प-पोस्ट, बल्ब, घुप अँधेरे में सरक के छुप जाएँ, उन सड़कों पर बारिश का भीगा, कभी छुपा, कभी चमकता हुआ चन्द्रमा कमाल की चीज़ होता है।

उन्होंने सोचा कि उठकर खिड़की खोल दें तो अन्दर की उमस कम हो जाएगी, पर खुली खिड़की से हवा के साथ आनेवाले मच्छरों के डर के कारण उनसे ऐसा हुआ नहीं। वह कमरे से बाहर निकल, आँगन पार कर एक बार में दो-दो सीढ़ियाँ फलाँग छत पर पहुँच गईं। दो छतों को पार कर वह कोने वाली मुँडेर की तरफ़ जाकर बैठ गईं। बैठने की यह उनकी प्रिय जगह थी। ईंट के जिस टुकड़े पर वह बैठी थीं, उधर से उनके बाएँ हाथ पर बिजली का खम्भा था जिस पर एक दो सौ वाट का बल्ब लगा हुआ था और बिजली के तार झूलते हुए बस ज़मीन को छूने ही वाले थे। इस कोने से उनको दूर तक जाती गली दिखती, जिसका किनारा आख़िर तक पहुँचते-पहुँचते दिखना बन्द हो जाता था। किनारा कब किसको साफ़ दिखा, उन्होंने सोचा। यहाँ हवा में सिहरन थी। उन्होंने देखा, हवा से हिलकर बादल ज़रा खुले तो झट-से दौड़ चाँदनी का एक टुकड़ा उनके बाएँ पैर के पास ख़ाली जगह में आकर बैठ गया और उनके घुटने पर ठोड़ी टिका ली।

"अरे! डरो मत। चाँदनी हवा में भी वज़न साध लेती है, यहाँ से गिरेगी नहीं।"

चाँदनी ने और उन्होंने सिर घुमाकर देखा, वह उनके दाएँ घुटने पर सिर टिकाए ज़मीन पर बैठा हुआ था।

"कब आए, पता ही नहीं चला। कितने महीनों बाद आए हो तुम और कितने हल्के हो गए तुम कि तुम्हारे सिर का वज़न भी पता नहीं चला मुझे।"

"तभी आया, जब तुम्हें यह डर लग रहा था कि कहीं खुले में तुम्हारे पास बैठी चाँदनी सरककर नीचे कच्चे प्लॉट में न गिर जाए।"

"सुनो?"

"हम्ममम्म!"

"पिछली बार जब तुम आए थे तो क्या तुमने हमारी कठपुतलियों को बक्से में से निकालकर मेरे पलंग के सिरहाने रख दिया था?"

"मैं क्यों रखूँगा भला? मम्मी ने रख दी होंगी शायद।"

"तुम्हारे जाने के बाद अब उन्हें इतना होश कहाँ? किसी से कुछ बोलती भी नहीं हैं वह। आवाज़ ही चली गई।"

"आवाज़ कहाँ गई है, बस गले की हड्डी के पीछे छुपा रखी है। चाहें तो अभी बोल दें, पर जाने क्यों बोलती नहीं? आवाज़ें कहीं जाती हैं, विन्नू। बस लोग उन्हें गले के अन्दर गटक लेते हैं।"

चाँदनी ने देखा, बादल लहराकर जुड़ने को आ रहे थे। उसने इशारे से उसे कहा, तुम जाना मत बिना मिले। मैं यूँ गई और यूँ आई। झट-से बादल का पर्दा खिंचा और चाँदनी ग़ायब।

"सुनो, याद है तुम्हें?"

"क्या?"

"एक बार कैसे अलमारी से किराये के रुपयों में से दस हज़ार निकाल, दाऊ जी का मेला देखने भाग गए थे। मैंने कितना समझाया तुमको कि यह अच्छी आदत नहीं।"

"अब इस बात को क्या याद करना?"

"तुमसे एक बात पूछूँ?"

"फिर से वही बात पूछोगी, विन्नू।"

"हाँ, बताओ न? क्या सच ही मार डाला पुलिस ने तुमको?"

"मुझसे क्या पूछती हो? ख़ुद से पूछो, जिज्जी।"

"ख़ुद से कैसे पूछूँ? मुझे पता होता तो हर दूसरे थाने चक्कर काटने क्यों जाती?"

"अब तुम अपनी शादी-वादी का देखो कुछ विन्नू। क्या यूँ ही चप्पल घिसती रहोगी? कहीं सेटल हो जाओ।"

"अरे! अब कहाँ बारात धरी मेरे लिए?"

"ठीक है, मैं जा रहा अब। फिर आऊँगा।" उसने कहा।

उन्होंने झुककर उसका माथा चूमा और उसकी गन्ध भीतर खींच ली।

"याद है, अम्मा कहती थीं कि छोटों का माथा सूँघ उन्हें प्यार करना चाहिए।"

बादल का पर्दा अभी भी खिंचा हुआ था। चन्द्रमा उसके पीछे कहीं होगा, चाँदनी कोशिश कर रही होगी कि कैसे ही उसके पास आ सके उसे राह बताने के लिए। वो उठा और अँधेरे में चलते हुए जाने किस तरफ़ ग़ायब हो गया? वह देर तक यूँ ही बैठे-बैठे गली को देखती रहीं। हवा ठुनकी, पानी की कुछ बूँदें उनके पंजों पर आकर गिरीं। उन्होंने छत का दरवाज़ा बन्द किया, कुंडी लगाई और अँधेरे में पहचाना हुआ ज़ीना उतर गई। आख़िरी सीढ़ी पर पहुँचकर जाने उन्हें क्या याद आया? वह पलटीं और छत की तरफ़ दौड़ीं, दरवाज़ा खोला और ज़ोर से चीख़ीं।

"रे वीरन!...ओ भुवन!..तू ये न सोचियो कि मैंने तुझे छोड़ दिया। इस हफ़्ते अब के बड़े अफ़सर के पास जाऊँगी गुहार लेकर। मेरे भैया, बस एक बात बता, तेरी आँखें बन्द तो थीं न?"

हड़बड़ाई-सी चाँदनी वहीं खड़ी थी, जैसे वापस उन्हीं के लिए आई हो। चाँदनी ने उनकी हथेली अपने ओस से ठंडे हाथों में थाम ली और थपथपाकर मानो कहा कि जाने वाला तो बहुत दूर गया, उसे अब बार-बार आवाज़ देना, बुलाना भली बात नहीं। उसे जाने दो और अपना सोचो। उनका हाथ छोड़, माथा सहलाकर चाँदनी वापस लौट गई। आकाश में बादल गहराकर और घने हुए। बत्ती आ गई थी। वह थके पैरों से नीचे आईं, कमरे में गईं। दीनू मिसरा हमेशा की तरह कुर्सी में धँसे हुए थे। मिसराइन नीचे ज़मीन पर गद्दा डाले लेटी हुई थीं।

"मम्मी, अब मेरी शादी-वादी का कुछ देखना चाहिए तुम लोगों को।" विन्नू जिज्जी ने मिसराइन से कहा।

"हाँ! सोचना ही चाहिए। देखो न, हमने कितने साल बिगाड़ दिए तुम्हारे।" जाने क्या हुआ कि सालों से चुप मिसराइन बोल पड़ीं।

हैरान से दीनू मिसरा मिसराइन को देख रहे थे और विन्नू जिज्जी भुवन की तस्वीर को। सच था या उनका भरम, पर विन्नू जिज्जी को लगा जैसे तस्वीर में बन्द भुवन उन्हें देख ख़ुश हुआ है, मुस्कुराया है।

एक हज़ार बरस की रात

1

"क्या बहुत ज़्यादा तबीयत ख़राब है उनकी?" अलका जब स्टाफ़ रूम में घुसी तो उसने आनन्द को किसी से बात करते सुना।

"तुम्हारा लेक्चर नहीं है क्या? अभी तक यहाँ क्यों हो?" अलका ने पूछा।

"नहीं मैम, मेरी क्लास शिफ़्ट हुई है। आज मुझे राजू सर का लेक्चर लेना है।" उसने कहा।

"क्यों, आज आए नहीं क्या वह?"

"आपको नहीं पता? वह तो हॉस्पिटल में हैं। सीरियस कंडीशन है उनकी।" आनन्द ने कहा।

"क्या हुआ?"

"परसों रात उन्हें एडमिट किया है हॉस्पिटल में। आज उनके भाई का फ़ोन आया था।" उसने जवाब दिया।

अलका का चेहरा एकदम ही उतर गया। वह समझ नहीं पाई कि इस बात पर क्या प्रतिक्रिया दे? हड़बड़ाहट में उसके मुँह से इतना ही निकला, "किस हॉस्पिटल में हैं? मैं देखने जाऊँगी।"

"यहाँ नहीं हैं, हासन में हैं अपने घर। वहीं थे, तभी तो एकदम ही एडमिट करा पाए उन्हें। यहाँ होते तो जाने कब पता चल पाता कि कुछ हुआ उन्हें।" आनन्द बोला।

"ठीक है। फिर जाकर उनकी क्लास एंगेज करो।" उसने आनन्द से कहा और पलटकर क्लर्क को पुकारा।

"सुधाकर, मेरे हासन जाने का अरेंजमेंट कर सकते हो क्या? दोपहर की बस देखना कोई और वहाँ रुकने का अरेंजमेंट भी।"

तीन-साढ़े तीन घंटे का सफ़र देखते ही देखते गुज़र गया। हवा में कॉफ़ी और इलायची की मिली-जुली गन्ध से उसका सिर भारी होने लगा था। होटल पहुँच, रिसेप्शन से चाबी लेकर कमरे में आने तक सिरदर्द बहुत ज़्यादा बढ़ गया था। कमरा छोटा होने के बावजूद सुन्दर था और एक अजब-से पेस्टल रंग की उदासी में पगा हुआ था। खिड़की से दूर तक बस नारियल के पेड़ ही नज़र आते थे। जब वह होटल से बाहर आई तो रात होने लगी थी। सड़क पर बत्तियाँ जल चुकी थीं। उसने पास खड़े एक ऑटोवाले को बुलाया और बैठते हुए कहा, "मंगला हॉस्पिटल।"

यह शहर उसे मैसूर के मुक़ाबले छोटा, अव्यवस्थित और असंयमित भीड़ वाला लगा। दिलीप राजू पहले हासन से मैसूर पढ़ने के लिए आया था और बाद में उसने वहीं यूनिवर्सिटी में एडहॉक पर नौकरी ज्वाइन कर ली थी। हवा में कहीं दूर से आती फूलों की मुरझाई हुई गन्ध घुली हुई थी।

अस्पताल के गलियारे में राजू का भाई बैठा हुआ था। वह जाकर उसके बग़ल में पड़ी कुर्सी पर निढाल-सी बैठ गई।

"हाऊ इज़ ही नाउ?"

"बैटर, इट इज़ हेपेटाइटिस।" वह बोला।

उसने दिलीप के भाई को ग़ौर से देखा। उलझे बाल, बढ़ी हुई दाढ़ी, आँखें बोझल, जैसे एक-दो रात से सोया नहीं हो, जैसे ख़ुद ही मरीज़ हो।

"ओह गॉड! लोग अस्पताल में भी नहा-धोकर, साफ़-सुथरे होकर क्यों नहीं आ सकते? पेशेंट के साथ ख़ुद भी पेशेंट बन जाते हैं। कैसा बीमार-सा माहौल बना देते हैं।" उसने सोचा।

डॉक्टर के साथ वार्ड में जाकर वह राजू को एक बार देख आई थी। पिछले

दो-तीन घंटों से वह गलियारे में ऐसे ही बैठी है; अब और रुककर क्या करेगी यहाँ; सुबह ग्यारह बजे लेक्चर भी तो है। वह उठी और अस्पताल से बाहर निकल आई।

होटल लौटकर भी जब उसे बहुत देर तक नींद नहीं आई तो उसने रूम सर्विस फ़ोन कर सोडा ऑर्डर किया। वोदका की एक मिनिएचर बोतल वह अपने साथ ही लाई थी। कई सालों से अब वह तनाव में आने पर इसी का सहारा लेती है। भटकता हुआ मन थम जाता है, नींद भी आ जाती है। ग्लास में थोड़ी शराब बची थी, उसने एक ही घूँट में उसे गटक लिया। कर्नाटक की यही बात तो पसन्द थी उसे कि कहीं भी चले जाओ, किसी भी दुकान में घुस जाओ, पसन्द के किसी भी ब्रांड को लो और निकल लो, कोई रोकने-टोकने वाला नहीं।

2

रात ठिठककर थम गई थी; और ठहरी हुई, थमी हुई रात कैसे चमकती है, यह उसने आज ही जाना था। उसके सामने मैसूर का भव्य राजमहल अपनी पूरी आन-बान विरासत के साथ दशहरे की रौशनी में नहाया हुआ आज भी वहीं खड़ा था जहाँ सैकड़ों साल पहले उसकी नींव रखी गई थी। पतली, काली सड़कों के सहारे बिछी लाल मिट्टी राजमहल को घेरे हुए थी। कर्नाटक के इस हिस्से में ऐसी ही लाल मिट्टी का बिछौना बिछा हुआ है। यू.पी. में कहाँ दिखती थी ऐसी मिट्टी? कितनी अलग है यहाँ की मिट्टी उसकी अपनी मिट्टी से? ये कैसी मिट्टी है, जिसमें वह जड़ ही नहीं जमा पा रही। इतने सालों में भी कोई लगाव नहीं हुआ उसे इस जगह से। वह खड़े-खड़े सोच रही थी कि 'मैडम' की पुकार ने उसे चौंका दिया।

"मैडम! गाइड चाहिए आपको? अस्सी रुपए में पूरा पैलेस विज़िट करा दूँगा। वह देखिए, सामने उस गोल्डन रेलिंग के पीछे मैसूर के महाराज की गद्दी

बिछती है दशहरे पर। पूरे एशिया में फ़ेमस है मैसूर का दशहरा। पिछले चार सौ सालों से चल रहा है। हर साल सैकड़ों टूरिस्ट आते हैं यहाँ दशहरा देखने।" उस लड़के ने कहा।

"नहीं, नहीं चाहिए कोई गाइड।" वह बोली।

"इट्स ओके।" कहकर वह अपना लटका हुआ चेहरा लेकर वहाँ से चला गया।

उस लड़के के चेहरे पर आई उदासी अस्सी रुपए के नुक़सान की है या वक़्त की बर्बादी की; वह समझ नहीं पाई। छोटे-छोटे सफ़ेद बादलों के पीछे रात और गहरी होती जा रही थी।

"जल्दी चलो, बारिश होगी।" भीड़ में से एक आवाज़ आई।

कभी-कभी कोई दृश्य बीते हुए समय का कोलाज बनकर सामने आ खड़ा होता है; हाथ पकड़कर भँवर के अन्दर खींच लेता है। इस दृश्य की चोट, इसके निशान हमेशा देह पर चमकते रहते हैं। अलका ने एक साँस छोड़ी और उठ खड़ी हुई।

वह जहाँ खड़ी थी, वह आगरा के सबसे व्यस्ततम चौराहों में से एक था। उसने घड़ी देखी, कितना समय हुआ? अब तक तो उसे आ जाना चाहिए था। इन्तज़ार करते-करते उसने यूँ ही टहलना शुरू कर दिया। वह सड़क के नज़दीक पहुँची ही थी कि किसी ने बाँह पकड़कर उसे खींच लिया।

"किसी गाड़ी के नीचे आ जातीं तो कीमा बन जाता।" लड़के ने कहा।

"ओह! तुम कब आए? कितनी देर तक वेट कराते हो, यार? बाइक कहाँ है तुम्हारी?"

"पार्किंग में लगा रहा था कि देखता हूँ तुम तो सड़क ऐसे पार कर रही थीं जैसे कि कमरे में टहल रही हो। ध्यान कहाँ रहता है तुम्हारा, अलका?"

"तुम्हारे अलावा अब कुछ और कहाँ ध्यान, ग्रोवर साहब?"

जब वे दोनों सूर-सदन से बाहर निकले तो हल्की-हल्की बारिश हो रही थी।

"शिट! मेरे जूते।" वह बोला।

"नए जूते हैं क्या?" अलका ने पूछा।

"हाँ, बिलकुल नए हैं। आज ही पहने हैं पहली बार।"

"कितने जोड़ी जूते हैं तुम्हारे पास?"

"अठारह।"

"पापा की फ़ैक्ट्री का ख़ूब फ़ायदा उठा रहे हो तुम।"

पिता के ज़िक्र से उसका चेहरा मुरझा गया। अलका के सामने खड़े होने के बावजूद वह कहीं खो-सा गया था।

"यार, पापा बहुत ज़ोर दे रहे हैं काम शुरू करने के लिए। सोच रहा हूँ कि फ़ैक्ट्री जाना शुरू कर दूँ। अब मिलना-जुलना कम करना होगा हमें।" उसने कहा।

"मेरी मानो तो अभी मत ज्वाइन करो, पहले एम.बी.ए. कर लो।"

"नहीं यार, इस बार फेल हो गया था, पापा बहुत नाराज़ हैं। अब नहीं करूँगा।"

"प्लीज़! मेरे कहने से लास्ट टाइम कोशिश कर लो।"

"पापा को मनाना मुश्किल होगा। फिर भी देखता हूँ।" वह बोला।

3

"सुन अलका, यार मेरे साथ एक पेपर पर थोड़ा काम करवा दे। को-ऑथर बन जा। डेडलाइन है, इसी वीक जमा करना है।" स्मिता ने उससे कहा।

"टॉपिक क्या है?"

"पेरेंटल ईगो एंड ऑनर किलिंग।"

"तुम सिन्धु को बना लो को-ऑथर। सोशियोलॉजी में पेरेंटिंग उसका एक सब-टॉपिक था। मुझे ऐसे किसी टॉपिक का कोई एक्सपीरियंस नहीं।" अलका ने कहा।

"क्यों झूठ बोलती हो? तुम भी तो ऐसे ही डी-पोर्ट हो यहाँ, पेरेंटल ईगो के चलते। भूल गईं जब यू.पी. से यहाँ आई थीं तो कैसी थीं और अब कैसी हो? मैसूर आने से पहले बेंगलुरु वाला टाइम भूल गईं क्या? रमैया नगर वाला घर याद है? शराब-सिगरेट सब वहीं तो सीखा था हमने।" स्मिता ने अलका से कहा।

"सब याद है मुझे।" उसने कहा और स्टाफ़ रूम से निकल गई।

खिड़की से ठीक सामने फूलों का एक छोटा पेड़ दिखता था। वह उठकर बाहर बालकनी में आ खड़ी हुई। कितना कुछ बदल गया है इन सालों में? नज़र कितनी तेज़ हुआ करती थी, पर अब चौबीसों घंटे चश्मा पहनना पड़ता है। उसे ऐसी ही एक शाम याद आ गई जब वह इसी बालकनी में खड़ी हुई थी और एक बच्चा दीवार के सहारे कोई पौधा रोप रहा था।

बच्चे ने सिर उठाकर उसे देखा और कहा, "थोड़ा पानी फेंक। मैं लाया नहीं, भूल गया।"

अलका ने एक ग्लास पानी पौधे में डाल दिया। उसके बाद कभी खिड़की से, कभी कॉलेज आते-जाते हुए वह उसमें पानी दे दिया करती थी। पूरे मैसूर में यही पेड़ उसका पहला आत्मीय था। ख़ुद से सींचा हुआ, प्रेम के स्पर्श से बड़ा किया हुआ।

वह कमरे में लौटी, पलंग की पाटी से टिककर ज़मीन पर बैठ गई। शहर की लौ आजकल ज़रा मद्धम पड़ी हुई है। पिछले कुछ दिनों से शहर भर में वैलेंटाइन डे के ख़िलाफ़ बहुत नाटक-तमाशा चल रहा है। उसने पलंग से तकिया खींच वहीं ज़मीन पर डाला और लेट गई। करवट लेकर सामने लगे शीशे में अलका ने ख़ुद को देखा। जब वह यहाँ आई थी तब कितनी कमज़ोर-सी लगा करती थी, और अब इन सात सालों में देह कैसी भर-सी गई है। कमर के गिर्द चर्बी की एक परत बन गई है; अब स्कर्ट बाँधने के लिए बेल्ट की ज़रूरत नहीं पड़ती। उसने पलंग के नीचे से ऐश-ट्रे निकाली उसमें से एक अधबुझा सिगरेट का टुकड़ा उठाया और जला लिया।

"तुम भी भेज दो, अलका। हम सब भेज रहे हैं।" स्टाफ़ रूम की ख़ुसुर-फ़ुसुर में स्मिता ने कहा।

"क्या?"

"पिंक पेंटीज़, सब भेज रहे हैं मैसूर की मॉरल पुलिस को।"

"ओह! पर मेरे पास तो कोई पिंक कलर की है ही नहीं। डार्लिंग, ये इंडिया है थर्ड वर्ल्ड, तीसरी दुनिया, जहाँ चोरी-छुपे रेशमी चादरों के भीतर सब अलाउड है, पर खुले में हाथों में हाथ डाल घूमने की मनाही है।" उसने स्मिता के कन्धे पर हल्का मुक्का मारते हुए कहा।

ये सब सोचते-सोचते उसके चेहरे पर हल्की हँसी आकर ठहर गई। उसने सिगरेट बुझाई और आँखें मूँदकर दुबारा वहीं लेट गई। उसकी बन्द आँखों से कुछ पुराने दृश्य याद की अलमारी में रखे कपड़ों की तरह यथार्थ के फ़र्श पर फिसलकर गिर पड़े। अतीत का हिस्सा किसी भी तहख़ाने में रखा हो, पर ज़हन के किसी बल्ब की रौशनी हरदम उस अँधेरे तहख़ाने के ऊपर सर्च-लाइट की तरह घूमती रहती है। उसने हल्के-से आँखें खोल लीं। इतने सालों बाद भी उसे पता ही नहीं कि वो क्या चीज़ है जिसे वह खोज रही है? कौन-सी लिपि है जिसे वह पढ़ना चाह रही है? पर वह समझ नहीं पा रही; क्यों इसे डी-कोड करने के लिए उसे ऐसी छटपटाहट है, जबकि वह जानती है कुछ भी डी-कोड करने से पहले उसकी कोडिंग ज़रूरी है और कोडिंग का मतलब है, आत्मा की भित्तियों की सिलाई करना, मन के टूटे हुए धागों की मरम्मत करना। जैसे अनदेखे ज्वालामुखी जिनके क्रेटर पर आशा की नहर का ठंडा, सफ़ेद पारदर्शी पानी ठहरा हुआ रहता है; उसको पार करके अन्तस् की आग में मुँह डालकर आग महसूस करने की, झुलसने की ज़िद को पूरी करना। प्रार्थनाओं के समय हथेलियों को नहीं जोड़ना चाहिए। ऐसा करने से कई बार प्रार्थना पूरी नहीं होती। कभी-कभी हाथ की दरारों में जी की बात, मन की प्रार्थना फँसकर रह जाती है और दम घुटने से मर जाती है। मरी हुई प्रार्थना कैसे पूरी हो सकती है? उसने सोचा। इतना सब करने के बाद; रंग-रोगन, मरम्मत के बाद हर एक घटना, हर

वाक़ये को दोहराने के लिए, उसकी डी-कोडिंग करने के लिए हर उस दीवार को, भित्ति को, तुरपन को उधेड़ देना, जिसकी बड़े जतन से देखभाल की थी, एक तरह का वहशतज़दा काम ही तो है। जिसे ढक दिया, छुपा दिया उसे उजागर कर क्यों दर्द महसूस करना? फिर भी गाहे-बगाहे क्यों मन उसी ढके-छुपे की ओर चल पड़ता है?

4

राजू अभी तक वापस नहीं आया था। आनन्द ही उसका सब वर्कलोड हैंडल कर रहा था इन दिनों। उसी ने ही अलका को बताया कि राजू ने छुट्टियाँ एक्सटेंड करा ली हैं अपनी। डॉक्टर्स कहते हैं कि अभी तीन-चार हफ़्ते और रेस्ट की ज़रूरत है उसे। आनन्द ने बताया कि राजू का नया आर्टिकल आया है। अगर उसे टाइम हो तो वह पढ़ ले। 'कर्नाटक स्टेट एंड इंडस्ट्रियल डेवलपमेंट' शीर्षक से राजू का लिखा लेख इन दिनों दक्षिण के बुद्धिजीवियों के बीच खलबली मचाए हुए था। इस एक लेख ने राज्य भर में मैसूर विश्वविद्यालय के एक साधारण-से जूनियर प्रोफ़ेसर को स्थापित करके रख दिया था। हाथ में बन्द अख़बार ने उसे अनायास ही बीते समय में पहुँचा दिया।

रोहतांग दर्रे के तापमान से भी नीचे उतर गया था उसकी देह का तापमान। उसे महसूस हुआ मानो उसकी शिराओं में बर्फ़ तरल होकर बह रही हो। जून की चिपचिपाती गर्मी में भी उसका शरीर ठंडा पड़ने लगा था। शशांक के एक मैसेज ने उसे ज़मीन पर पटक के छोड़ दिया था।

"अंकल पास्ड अवे ऑन संडे।"

चार दिन हुए और किसी ने ख़बर भी नहीं की मुझे। सम्पर्क के नाम पर शशांक से दोस्ती का जो पतला तार है, अगर यह नहीं होता तो क्या मुझ तक ये बात पहुँच पाती? उसने सोचा।

"तुमने शादी के बारे में क्या सोचा अलका?" महीनों बाद पिता ने उससे बात की थी।

"कुछ नहीं, डैडी।"

"कुछ नहीं से तो काम नहीं चलता न, मुझे प्रतिमा की शादी का हिसाब भी तो देखना है।"

"अरे! तो कर दीजिए, मैंने रोका थोड़े है, न आपको न उसको।" उसने पलट के जवाब दिया।

"अब तुम, हम लोगों के लिए शर्मिन्दगी की वजह हो, अलका।" उन्होंने सिर झुकाकर कहा।

फिर एक दिन इस रोज़-रोज़ की चिक-चिक से तंग आकर, सब पर ठोकर मार वह बेंगलुरु चली आई। यलहंका अपनी भव्य विरासत लिये, अपना दामन फैलाए उसे अस्ताचल में समेटने को तैयार खड़ा था। अपने विरासत के इतिहास से, चोल वंश के राजाओं से, चालुक्यों के हाथों से, होयसल के राजघरानों से छूटता-फिसलता वह अलका जौहरी के पाँव में आ पड़ा था। अपने बुनियाद के दिन से लेकर आज इक्कीसवीं सदी में उसके लिए इठलाता हुआ खड़ा था। केम्पेगौड़ा ने इस विरासत को मानो उसके लिए ही तैयार किया था। उसका मानना था कि विरासतों में बहुत बोझ होता है और एक दिन इन विरासतों के नीचे हम सब बौने हो जाएँगे। विरासतों के बोझ से पहले जूतों के तले घिसेंगे, फिर पाँव के तलवे। विरासतों की बात करने वाले जानते हैं कि उनके पैरों में लड़खड़ाहट हमेशा के लिए आकर बस गई है। वे ये भी जानते हैं कि उनके दिल बहुत पहले से रिस रहे हैं और विरासतों के पैने अनगढ़ पत्थर अपनी नोक से दिल को ख़त्म कर देते हैं; फिर बाद में रह ही क्या जाता है? कभी किसी को विरासतों की बात करते सुनो तो उन्हें कह दो कि भाग जाना ही सबसे बेहतर रास्ता है उनके लिए, हालाँकि कहने वाला ही कहाँ तक भागकर गया होगा? कहने वाला और सुनने वाला, दोनों ही कहाँ तक भाग सकते हैं? घर नाम की एक न दिखने वाली कील उनके अन्दर कहीं गड़ी रहती है जो बार-बार उन्हें कहीं अतीत में अटकाकर रखे रहती है।

'घर' शब्द का बोझ उसके दिल की कील को रह-रहकर उमेठता रहा है, जबकि उसने सोचा था कि इस आगे की राह में उसे कभी भी वापस मुड़कर नहीं देखना पड़ेगा, पर शशांक के इस मैसेज ने भले ही कुछ देर के लिए ही सही, उसे वापस उसी रास्ते पर लाकर खड़ा कर दिया था जहाँ से वह आगे बढ़ गई थी।

"मैंने पहले भी कहा था, उस ग्रोवर के लड़के से मिलना-जुलना सही नहीं तुम्हारा। एकदम आवारा क़िस्म का लड़का था वह। जानती हो, इस सबका नतीजा क्या होगा? अब इस हादसे का, उसको उकसाने का सारा ब्लेम तुम पर आएगा अलका। घर-बिरादरी, स्टेटस के लिहाज से लोग एक-दूसरे को पसन्द करते हैं। तुमने सारे घर को मुसीबत में डाल दिया। क्या होगा कल को अगर उसका बाप कह दे कि इस पूरे हादसे की पीछे तुम हो।"

वह चुप रही। कुछ भी नहीं कहा, पर इसके बाद उसके और पिता के बीच कोई जुड़ाव नहीं रहा। धीरे-धीरे बाक़ी सबसे उसने ख़ुद ही कन्नी काट ली थी। फिर भी कभी-कभार याद ज़ोर मार ही लेती है।

"क्या होता अगर पुनीत के पापा उसे कसूरवार ठहराते? उसके बाद कैसा होता उसका नया जीवन? कोर्ट-कचहरी होती तो क्या करती वह?" सोचकर ही उसे कँपकँपी छूट जाती है।

"यहाँ अकबर नंगे पैर चलकर आया था मन्नत माँगने के लिए। हमारा मामला भी जम जाए तो हम भी यहाँ चादर चढ़ाने आएँगे।" पुनीत ने उसकी हथेली को हल्के-से दबाकर कहा।

मौन की भाषा, प्रेम की भाषा अब कहने के बजाय स्पर्श से ज़्यादा बयान होने लगी थी उनके बीच। प्रेम में यह स्थिति अक्सर बड़ी गहरी होती है, यहाँ आने के बाद, डूबने के बाद उबरने की कोशिश भी नहीं की जाती। पर डूबने में यह कहाँ तय होता है कि डूबने वाले दोनों डूबे ही रहेंगे? कभी-कभी एक डूब जाता है और दूसरा तैरकर किसी कोने जा लगता है। उसके बाद डूबने वाला

हमेशा एक परछाईं के चेहरे के मानिंद आस-पास बना रहता है। अब पुनीत एक ऐसे ही चेहरे की तरह उसके आस-पास मँडराता रहता है।

5

वह इस बात को बहुत देर से समझी कि लाग-लपेट, बनावट से झूठे बग़ीचे तैयार किए जाते हैं। सच वन जैसा होता है बेढंगा, नुकीला, चीर देने वाला। सच के जंगल से हाँफते हुए घोड़े पर बैठकर आती हुई आवाज़ बहुत थकी हुई होती है; उस आवाज़ को गले की ख़ुश्की मिटाने के लिए पानी चाहिए होता है। वह जानती है कि एक आवाज़ बार-बार उससे पानी माँगती है, पर कभी उसकी हिम्मत ही नहीं हुई कि हाथ बढ़ाकर उसे पानी थमा सके। यह कौन तैराक है जो जाने किस दरिया, जंगल से निकल भटकते-भटकते उसके आँगन में पहुँच पानी की गुहार लगा रहा है। जाने कौन-सा तारा है जो इस भटकती आवाज़ को राह दिखाकर उस तक ले आता है। कभी यह तारा टूटे तो वह कुछ माँगे। क्या यह तारा कभी कहीं टूटता भी होगा? कहाँ से दीखता होगा यह टूटता तारा, किस दिशा से?

और फिर वहीं से तारा टूट जाता है जहाँ से आप उसे गिरता देखते हैं... अलग-अलग ज़मीनों के एक कोने से यह दिशा पता भी कैसे चल सकती है? अगर कहीं कोई तारा न हो, जिसके टूटने पर तुम कुछ माँग सको तो सीने को धड़कता देख लेना और सोचना कि इस पहाड़ के अन्दर एक तारा हर पल धक-धक करता हुआ टूटता है, जुड़ता है सो उसी से कुछ माँग लेना, पर याद रखना, माँगने के मौसम बहुत उदास होते हैं; इस मौसम के दरवाज़े चमकीले होते हैं और घरों के अन्दर सूनापन रहता है। हर नदी की एक धारा हमेशा धारा के बाहर रहती है, ख़ासकर मन की नदी, जो अक्सर ही आकर किनारे पर सो जाया करती है।

"कैसी होती है गोली की आवाज़?"

"ठाँय-ठाँय"

'लोग तो दसियों बार गिरकर भी सँभल जाते हैं। काश! तुम थोड़ा एफ़र्ट कर पाते पुनीत तो चीज़ें अलग होतीं।' अलका ने सोचा।

कैसी बेचैनी थी उसे उस दिन। लम्बे इन्तज़ार की शाम ढलने को तैयार ही नहीं थी, उसकी चौखट पर अड़कर बैठी हुई है। हल्की-सी घबराहट उसको बार-बार महसूस हो रही थी। तय तो यही हुआ था कि रिज़ल्ट आने के बाद वह सूर-सदन में उससे मिलने आएगा; पर उसकी जगह शशांक आया। एक हादसे ने एक ही झटके में उसे किनारे से खींच बीच सड़क पर खड़ा कर दिया जहाँ पल भर में ही कोई भी भावना उसे कुचलकर निकल जाए।

"पुनीत ने सुसाइड कर ली सुबह, अलका। रिज़ल्ट इस बार भी क्लियर नहीं हुआ था उसका; और तुमको लेकर भी टेंशन थी घर में। अपने पापा के साथ इसी कहा-सुनी में उन्हीं की पिस्टल से उसने ख़ुद पर फ़ायर कर लिया। मेडिकल कॉलेज रेफ़र किया, पर पहुँचने तक सब ख़त्म हो चुका था। उसकी मदर भी कोलैप्स कर गई थीं, उन्हीं के सामने फ़ायर किया था उसने, शायद वह भी न रहीं हो अब तक।"

वह वहीं सूर-सदन की लाल पत्थर की सीढ़ियों पर सुन्न होकर गिर गई। उसके बाद शशांक की आवाज़ उसके ऊपर गिरती तो रही, पर उस तक पहुँची नहीं।

तुमने उकसाया है उसे सुसाइड के लिए, अलका। पिछले सात सालों से यह आवाज़ उसके दिमाग़ में लगातार बज रही है, जैसे किसी प्लेयर पर टूटकर सूई अटक गई हो। बदलते समय ने बस इतना ही किया कि 'तुमने उकसाया है उसे' की जगह अब आवाज़ 'तुमने उकसाया था उसे' में बदल गई है। वह चाहती है कि ये आवाज़ें अब थम जाएँ, विराम ले लें, पर ऐसा होता ही नहीं। किसी बरसात के पेड़ से गिरते पानी की तरह उसके भीतर ये आवाज़ें छन्न-से फिसलकर, टूटकर गिर रही हैं और एक न दिखने वाला कीचड़ उसके मन में

हर तरफ़ फैला हुआ है जो कभी सूखता ही नहीं।

वह चाहती है कि कोई कहीं से चलकर आए, उसका हाथ पकड़े और कहे कि मन की भित्तियों में कभी समय को सोने दिया करो अलका; यह पत्थर का कोई टुकड़ा तो नहीं जिसको खुरच-खुरच कर लिपि टाँकने चल दीं तुम? बहुत उदास हो तो किसी को हाथ बढ़ाकर छू लो...

"छाया कहीं हाथ आती कभी? इससे हासिल क्या?"

"हासिल का तो यह है कि छाया छू नहीं पाओगी तो हाथ ज़मीन से जा लगेगा और धूप में तपती ज़मीन मन की नमी खींच लेगी। ये दरारें सूख जाएँगी तो तलछट में जमी कीचड़ से, मिट्टी से कुछ नया बनने की गुंजाइश बनी रहेगी।"

6

"मैं ग्यारह को सिंगापोर जा रही हूँ, अलका। ड्यूटी फ्री से कुछ मँगवाना है क्या?" स्मिता ने पूछा।

"एक स्कॉच की बोतल और कोई अच्छा-सा परफ़्यूम लेती आना। वापसी कब की है?"

"सत्रह की; और अठारह से बाईस तक की बुकिंग करा ली है मैंने कुर्ग के लिए हम सबकी।" स्मिता ने कहा।

"किस-किस की कराई है?"

"मैं, तुम, सिन्धु, शशि और राजू की; हम पाँचों की कराई है। चली चलना, लास्ट मूमेंट कोई ड्रामा न करना।"

"ठीक है भई।" कहकर वह उठी, अलमारी खोली और एक कार्ड स्मिता के हाथ में पकड़ा दिया।

स्मिता ने उलट-पुलटकर उस आसमानी लिफ़ाफ़े में बन्द कार्ड को देखा।

"लास्ट इयर का वैलेंटाइन कार्ड है और वह भी ब्लैंक। किसने दिया?"

"राजू ने लास्ट इयर दिया था, एक तरह से प्रपोज़ ही किया था।"

"तो अब इसे दिखाने का क्या फ़ायदा?" स्मिता ने पूछा।

"मैं सोच रही हूँ कि राजू का प्रपोज़ल एक्सेप्ट कर लूँ।"

"गुड! तो तुम पुनीत के हैंग-ओवर से बाहर आ रही हो, यह अच्छा है।"

"हाँ! क्योंकि मैं बीस साल बाद आर्कियोलॉजिकल सर्वे ऑफ़ इंडिया में नहीं आना चाहती।" अलका ने हँसते हुए कहा।

"यह अच्छा है कि तुम अपने पर्सनल ग्रीफ़ से बाहर आ रही हो।"

"मेरा पर्सनल कुछ नहीं इसमें। यह तो कब से सार्वजनिक है, जब से आगरा छूटा।"

"आज का टोस्ट अलका जौहरी के नाम।" स्मिता ने ट्यूलिप ग्लास में शैम्पेन डालते हुए कहा।

वह किसी सोच में डूबी हुई थी जब वो स्टाफ़-रूम में घुसा। डेढ़ महीने बाद वापस आया था और आते ही उससे मिलने चला आया।

"मुझे अच्छा लगा कि तुम हासन आईं। ये पैकेट पकड़ो, माँ ने भिजवाया है।"

अलका ने देखा, बादामी लिफ़ाफ़े में बेंगलुरु सिल्क की एक फ़ालसई-हरी साड़ी थी।

"बूढ़े दिमाग़ की तयशुदा साज़िश, शगुन भी भिजवा दिया।" उसने हँसकर पैकेट थाम लिया।

"शाम को तुम्हारे घर आऊँगा, बहुत सारी बातें करनी हैं।" वो बोला।

बहुत सारी बातें बिना बोले सिर्फ़ होंठों के ऊपर होंठों की हरकतों से भी की जा सकती हैं, एक लम्बे अन्तराल बाद उसने यह दोबारा महसूस किया। उसकी कमर के गिर्द राजू की बाँहें एक सुरक्षा घेरे जैसी थीं। उसकी देह के ऊपर उसका दबाव ऐसा था, जैसे चनार के पत्तों के ऊपर मौसम की पहली बर्फ़।

उस सुबह अलका को ऐसा लगा जैसे कि एक हज़ार बरस की रात बीत

के ख़त्म हुई और बिलकुल नया दिन निकला है। उसने राजू के सीने के नीचे से दबी हुई ब्रा खींची और कुर्सी पर पड़ा टॉप उठा लिया। 'बदलाव तो आता ही है, कहीं जल्दी, कहीं देर से। अब ये आवाज़ों का बोझ और नहीं ढोया जाता। अब मैं तुमसे विदा लेती हूँ मेरे अतीत, अपने आगामी भविष्य के लिए। अब मैं उस सर्चलाइट को भी बन्द कर रही हूँ जो जब-तब न चाहने पर भी मुझे तुम्हारी चारदीवारी में खींच लाती थी।' अलका ने सोचा और किसी बम निरोधक दस्ते के सदस्य की तरह एक-दो-तीन, करके उस लाल तार को काट दिया, जो उसकी ही किसी रग से जुड़ा था मानो। जैसे कभी-कभी बत्ती बुझने के बाद घड़ी भर को चमकती रह जाती है, वैसे ही वह सर्चलाइट कुछ देर तक उसके अन्दर चमकती रही और फिर शून्य में खो गई।

"क्या सोच रही हो?" राजू ने उनींदी आवाज़ में पूछा।

"हूँ...कुछ नहीं।" वह बोली।

"कुछ तो?"

"सोच रही हूँ, हनीमून के लिए कुर्ग चलेंगे।" अलका ने सिगरेट का आख़िरी कश लेते हुए कहा।

जहाँ हवाओं की पीठ पर छाले हैं

1

उसके सामने जो दृश्य चल रहा था, उसमें दूर तक दीवारों पर ख़ून के छींटे बिखरे हुए थे और फ़र्श पर एक आदमी औंधे मुँह पड़ा था, जिसका चेहरा धीमे-धीमे कैमरे के फ़ोकस से ग़ायब हो रहा था। दृश्य देखकर उसे उल्टी-सी आई। वह कुर्सी से उठा और सीधे सिनेमा हॉल से बाहर निकल आया। रात की हवा गरम थी और उसे उसमें समन्दर का नमक घुला महसूस हो रहा था। चलते हुए उसने देखा कि उसकी चप्पल अँगूठे के पास से टूट गई है। उसने चप्पलें उतारकर हाथ में उठा लीं और आगे बढ़ गया। अचानक उसे कुछ याद आया। वह रुका, क़मीज़ की ऊपरी जेब टटोली और एक प्लास्टिक का कार्ड निकालकर देखा। यह कार्ड उसका इस नए देश में रहने का परमिट था। चलते-चलते वह समन्दर के पानी तक आ पहुँचा था। उसके पैर के पास से एक केकड़ा रेंगता हुआ गुज़रा तो वह पीछे ख़िसक रेत पर वापस आ गया। वह वहीं किनारे पर रेत में लेट गया और चप्पलें सिर के नीचे लगा लीं। दूसरे किनारे से उठती हुई आवाज़ें उसके पास तक आते-आते एक अजब तरह के सुर में ढल गई थीं; इन आवाज़ों ने उसके सामने एक नया दृश्य खड़ा कर दिया।

इस बदले हुए दृश्य में न खुलकर फैला हुआ समन्दर था, न रात और न ही रेत थी। इस दृश्य में अब बीहड़ में खड़ी एक इमारत थी, जिसकी चारदीवारी में

बन्द छोटे आँगन में एक जंगली पेड़ के नीचे कुछ बच्चों के सिर में तेल मलती औरतों की छाया दिखती थी। उसकी बन्द आँखों में पुतलियाँ कसमसाईं और उन्होंने इस दृश्य को कुछ कसकर पकड़े रहने की कोशिश की। कोई उसे दूर से देखता तो ऐसे महसूस होता कि वह नींद में छटपटा रहा हो; पर वह नींद में देख रहा था कि कुछ बच्चे बरसात में उस जंगली पेड़ की डाली पकड़कर खेल रहे हैं, जिनके पास एक औरत खड़ी है। वह उस औरत का चेहरा नहीं देख पाता। उसे बस एक साड़ी दिखती है, जिसकी किनारी का रंग नारंगी से उतरकर पीले गुलाबी में बदल गया था और जिस पर बरसात के पानी की छींट पड़ी हुई है। उसने करवट बदली, उसे महसूस हुआ जैसे कि वह औरत उसके सिरहाने खड़ी होकर कुछ गुनगुना रही हो। वह चाहता था कि आँखें खोलकर उसके चेहरे को देख ले, पर उसके कान उस आती आवाज़ पर ठिठक गए।

हम गवनवा न जइबे हो झुलनी बिना...
अमुआ की डारी पड़ रहीं बुँदियाँ, अचरा से उलझे लहरिया
लहरिया हो झुलनी बिना...

वह कुछ देर वैसे ही लेटा रहा और जब पसीने से पीठ भीगने लगी तो उठकर बैठ गया। उसने कलाई पर बँधी घड़ी पर नज़र डाली। रात के धुँधले उजाले में उसने देखा कि सवा बजा है। वह खड़ा हुआ और चप्पलें पहन लीं। उसके साथ कोई और भी उठकर खड़ा हुआ, शायद एक छोटा बच्चा, शायद एक नहीं, उम्र के अलग-अलग पड़ाव पर कई और बदलते चेहरे भी उस बच्चे के साथ उठ खड़े हुए। उसने पलटकर उन्हें एक मुस्कान दी और आगे बढ़ गया। उसने एक नज़र अपने हाथों पर डाली, जाने किस अजब-सी बीमारी के चलते उसकी दोनों बाँहें सूखती जा रही थीं। उसके चेहरे पर कुछ देर पहले आई मुस्कान अब ग़ायब हो गई थी। वह मन-ही-मन यह मान चुका था कि यह संसार बहुत नीचा, छिछला, बेहूदा है और इसी नीचे गिरे हुए, छिछले, बेहद बेहूदे संसार में उसे किसी बहुत ख़ास के लिए पारस पत्थर ढूँढ़ना, जिससे वह

उसके सभी दुखों को सुख में बदल सके; पर इस खोज में उसे अभी न जाने कितना लोहा पलटना है, वह नहीं जानता।

चलते-चलते उसने अपनी दोनों बाँहें मोड़कर सीने से लगा लीं। बहुत छुटपन से बल्कि बचपन के शुरू होने से पहले ही उसमें यह आदत घर कर गई थी कि डरने पर, घबराने पर, बेचैन होने पर उसके हाथ ख़ुद-ब-ख़ुद छाती से जा लगते थे और अब उसके हाथ अक्सर ऐसे ही रहते हैं। वह अब सड़क पर आ गया था। शहर इतनी रात बीतने के बाद भी पूरी तरह सोया नहीं था, सड़क पर ट्रैफ़िक बदस्तूर जारी था। उसने साथ खड़े बच्चे का हाथ थाम लिया ताकि सड़क सँभलकर पार की जा सके।

"माँ से मिले?" बच्चे ने पूछा।

बच्चे की बात सुन वह कुछ बोला नहीं, पर उसकी आँखें भर आईं। इस चक्कर में वह सड़क को ठीक से देख नहीं पाया और सामने से आती हुई एक कार उसके हाथ से टकराती हुई गुज़र गई। ड्राइवर ने बन्द काँच के पीछे से कुछ कहा, जिसे वह सुन नहीं सका। उसने घूमकर देखा, उसकी हथेली की पकड़ से निकल बच्चा हवा में गुम हो चुका था और अब उसके साथ एक तेरह-चौदह साल का लड़का था, जिसने बच्चे की तरह उससे कोई सवाल नहीं किया बल्कि बिना उसकी तरफ़ देखे कहना शुरू कर दिया। "हम और तुम किन-किन हंगामों के बीच अपने-अपने ख़ाने में ग़लत चाल चल के नक्शे से बाहर पटक दिए गए हैं। अब ऐसी अजब-सी जगहें हैं जहाँ से लौटने के लिए किस तरफ़ पाँव उठाना होगा, यह भी नहीं मालूम। हम तो यह भी नहीं जानते कि चलने-रुकने के बीच इस जगह खड़े होकर हम किसका इन्तज़ार कर रहे हैं?"

"पर क्या अतीत में डूबकर साँस भरना आसान है कहीं?" उसने लड़के से पलटकर पूछा।

"तुम्हारा कमरा आ गया है?" लड़के ने उसकी बात का उत्तर न देकर कहा।

उसने कमरे की सीढ़ियाँ चढ़ते हुए देखा कि वह बच्चा और लड़का अब साथ हैं और बिना उसकी तरफ़ देखे वापस लौट रहे हैं। वह कमरे में आया,

पसीने से भीगी क़मीज़ उतारी, पंखा चलाया और अटैची में रखी एक छोटी थैली निकाली, जिसमें एक नाक की लौंग थी, जिस पर एक लाल मोती जड़ा हुआ था। वह जाकर बिस्तर पर लेट गया और देर तक उस लाल मोती पर हाथ फिराता रहा। उसके सिरहाने एक आवाज़ आकर बैठ गई थी। वह उस आवाज़ में डूबता-उबरता सो गया।

हम गवनवा न जइबे हो नथुनी बिना...
चाँदी की नथुनी और वा में लाल मोती, हमने देखि एक नार पहने नथुनी नार हो नथुनी बिना...

2

उसके जीवन में दृश्यों की आवाजाही इतनी बेढंगी थी कि वह कभी भी उन्हें एक सीध में रखकर नहीं देख पाया। उसका पहला दृश्य ही ग़लत उम्र में उभरा था यह वह दृश्य था जिसे दूसरे दृश्य के बाद उसके सामने आना चाहिए था; इस एक गड़बड़ ने जीवन भर उसके दृश्यों का तारतम्य बिगाड़कर रख दिया। उसकी याद में पहला दृश्य तब उभरता है जब वह कोई साढ़े सात या आठ साल का रहा होगा।

पहले दृश्य के बाबत उसे इतना ही याद है कि एक दुपहर वह नानी से चिपका हुआ सो रहा था। लू की गर्मी दरवाज़े-खिड़कियों की झिर्रियों से रगड़ खाती कमरे में आ रही थी और कमरे को गरम बना रही थी। जब वह उठा तो दिन ढल चुका था, पर नानी उसके पास नहीं थीं। वह कमरे से निकल सड़क की तरफ़ बाहर आ गया। वह कितनी देर यूँ ही बैठा रहा। तब उसने दूर से नानी को आते देखा। जाने ऐसा क्या था कि उसे नानी की चाल में लड़खड़ाहट दिखी। उनके चेहरे में कुछ ही घंटों में अजीब-सा एक बदलाव आ गया था, जिसे वह पहचान ही नहीं पा रहा था। नानी के साथ पीछे-पीछे सुजीत भाई सा भी आ रहे

थे। वे लोग सुजीत भाई सा के घर में ही किराये पर रहते थे।

"ये लो सुजीत, पकड़ो इन्हें और तुम्हारी जेब से जितना पैसा लगा, आज उसका हिसाब मान लो बेटा। कोई कमी-बेसी रही हो तो देख लेना।" नानी घर में घुसीं और अपने हाथ में पकड़ी दो पतली चूड़ियाँ सुजीत भाई सा के हाथ में पकड़ा दीं। यहीं पहली बार उसने इन चूड़ियों के साथ उस नाक की लौंग की झलक देखी थी, जिस पर लाल मोती जड़ा हुआ था। वह लपककर नानी की तरफ़ बढ़ा तो उन्होंने उसे धीमी आवाज़ में झिड़क दिया, "न, छूना नहीं अभी। पहले नहा लेने दो हमें।" उससे ये कह, वह आँगन में खड़ी सुजीत भाई सा की पत्नी से बोलीं, "मीना, सूतक लगे हैं। तुम शुद्धि तक इसके खाने का इन्तज़ाम अपने चौके से देख लेना।" इतना कहकर वह ग़ुसलख़ाने में घुस गईं।

'सूतक' और 'शुद्धि' उस दिन पहली बार सुने ये शब्द आज तक उसके ज़हन में चिपके हैं और जब चाहे, उसके सामने आ जाते हैं। उस एक दिन के बाद वह आज तक कभी ख़ुश नहीं रहा। क्या था उस दिन नानी की आवाज़ में, जिसे सुनकर उसके अन्दर की ज़मीन सूख गई थी।

दूसरा दृश्य उसके जीवन में तब उभरकर आता है जब वह कोई ग्यारह साल का रहा होगा। इस दृश्य में वह नानी के पास लेटा हुआ है और नानी उसके सिर में तेल लगा रही हैं। नज़दीक ही एक बोरी पर धूप दिखाने के लिए गेहूँ रखे थे जिनकी गन्ध वहाँ तक तैरती आ रही थी।

"मेरा जन्म कहाँ हुआ था, नानी?"

"हैं..." इस प्रश्न पर वह कुछ चौंकी, फिर तुरन्त ही सँभल गईं।

"मैं कहाँ पैदा हुआ था, नानी?" उसने दुबारा पूछा।

"जेल में।" वह उसके सिर में तेल मलते हुए बोलीं।

इस जवाब से उसके दिल में कुछ दरक गया। उसने अपनी आँखें बन्द कर लीं और करवट लेकर सिर नानी की गोद में छुपा लिया। इन आँखों में इस बार उसे चारदीवारी में बन्द आँगन में कपड़े धोती औरत दिखी, जिसके नज़दीक एक चार साल के आस-पास का बच्चा बैठा हुआ था। वह उस कपड़े धोती हुई औरत

का चेहरा नहीं देख पाता,पर उसे महसूस होता है कि वह औरत बीच-बीच में उस बच्चे के सिर पर हाथ फेरती जाती है और हमेशा की तरह एक गीत भी गा रही है जिसकी धुन पर वह बच्चा अपना सिर हिला रहा है—

हम गवनवा न जइबे हो होरी खेले बिना...
छींट की सारी और रंग-पिचकारी, हमने देखि लाल साँझ फागुन की फागुन हो होरी खेले बिना...

हम गवनवा न जइबे हो बिछिया बिना...
सावन में घुल रही लाल-लाल महावर, महावर में चमके हो गोरी अँगुरिया अँगुरिया हो बिछिया बिना...

वह कई दिन इस कशमकश में डूबा रहा कि नानी से कैसे पूछे कि उसकी माँ ने ऐसा क्या किया था जो वह जेल गईं। फिर एक दिन उसने पूछ ही लिया।

"माँ को जेल क्यूँ हुई थी, नानी?"

उसके तीसरे दृश्य में बड़ा घालमेल है। इस दृश्य के उसके जीवन में आने के बाद उसका थोड़ा-बहुत बचा हुआ सन्तुलन भी ख़त्म हो गया था। अब वह जहाँ पाँव रखता था, वहाँ कीचड़ निकल आती थी, और उसे जहाँ कीचड़ नज़र आती, बाद में पता चलता कि वह जगह तो ख़ासी सूखी और ठोस थी जिस पर वह आसानी से अपना घर खड़ा कर सकता था। यह जो दृश्य था, यह उसने देखा नहीं था। यह उसे दिखाया गया था। नानी कहती जा रही थीं और वह देखता जा रहा था।

"यमुना के चौड़े पाट से तीन हाथ घूमकर, रेत का टीला पार करते ही सामने बड़े अहाते में मुरैना वाले नाथ साब और लाला साब का मकान था। मकान कुछ-कुछ मझोले आकार की हवेली जैसा ही था। इन्हीं नाथ साब और लाला साब के पिता कारेलाल कोई सालों पहले मुरैना से अपनी गज़क की दो रेहड़ियाँ, कुछ इमरतबान लेकर आगरे आए थे। कारेलाल जब मुरैना से आगरे

आए थे तो उनकी पत्नी की गोद में तीन साल के नाथ साब थे और इसके तेईस साल बाद कारेलाल के दूसरे बेटे लाला साब हुए। लाला जब पैदा हुए तब तक नाथ ख़ुद बाल-बच्चे वाले थे। एक-दो साल का लड़का भी था पुष्पेन्द्र। इसी पुष्पेन्द्र के लिए तेरी माँ का रिश्ता गया था। बात चली, पत्री मिली, लगुन-टीका भी तय ही था कि नाथ साब बोले, "चाचा के होते भतीजे की शादी पहले कैसे हो सकती है?" कायदे से तो पुष्पेन्द्र का ही बियाह पहले होना चाहिए था। वह लाला से दो साल बड़ा था। नाथ साब के ही ज़ोर डालने पर सुमन की कुंडली लाला साब से मिलवाई और देखो, नासपीटी की कुंडली मिल भी गई। कोई ज़रा भी कमी-बेसी होती तो तेरे नाना फट-से इस रिश्ते से पीछे हट जाते, पर होनी जो चाहे।" नानी ने उसे क़िस्सा सुनाते हुआ कहा।

"फिर क्या हुआ?" उसने पूछा।

"फिर जो हुआ, उसके बाद कुछ होने की गुंजाइश ही नहीं रही। सवा साल ही हुआ था शादी को कि एक दिन लाला ने पुष्पेन्द्र की हत्या कर सब ठीकरा सुमन के ऊपर फोड़ दिया। कहते हैं कि जब पुलिस आई तब सुमन पुष्पेन्द्र के कमरे में ही थी। साड़ी ख़ून में सनी हुई थी और वह वहीं पलंग से टिकी खड़ी थी। लाला साब ने बयान दिया कि सुमन का रिश्ता पहले पुष्पेन्द्र के लिए आया था, पर शादी लाला साब से होने के बाद भी इन दोनों में कोई सम्बन्ध बना रहा और फिर प्रमाण तो ज़ाहिर है सब पर। हम लोग कुछ कर ही नहीं पाए उसके लिए। छपैटी वाला घर भी बिका, पर कुछ काम नहीं बना; फिर तेरे नाना के जाने के बाद इस किराये के घर में आना पड़ा।"

उसे लगा कि जैसे यह सब कहते-कहते नानी की आवाज़ भर्रा-सी गई है।

3

सुजीत भाई सा ने उसे यहाँ आने से पहले एक क़मीज़, एक जीन्स, एक नाइट

सूट और एक जोड़ी चमड़े की चप्पल अपनी तरफ़ से दिला दी थी। वह मना करता रहा, पर वह नहीं माने। कहने लगे, "दूसरे देश जा रहे हो तो एक-दो जोड़ी अच्छा, नया कपड़ा होना चाहिए साथ में। जाते ही जाते पहले दिन काम पर पुराने कपड़े पहनकर जाओगे क्या?"

वह खाड़ी के इस देश में एजेंट को पैसे देकर उसकी मार्फ़त आया था। कुछ पैसा नानी ने चाँदी, छल्ला बेचकर, गिरवी रखकर इकट्ठा किया, कुछ सुजीत भाई सा ने उधार दिया था और बाक़ी बचे पैसों के लिए तय हुआ था कि वह वहाँ जाकर जो भी कमाएगा, बचाएगा, उसमें से पहले एजेंट का बकाया चुकाया जाएगा।

चलते वक़्त नानी ने उसके हाथ में एक पीली थैली थमा दी। उन दिनों ऐसी थैली छोटे सुनारों के यहाँ ही मिलती थी। उसने थैली को अटैची में कपड़ों के नीचे रख दिया। वह जानता था कि इसमें ऐसा कुछ है, जिसे नानी नहीं चाहतीं कि वह उनके सामने खोलकर देखे। यहाँ पहुँचने पर उसने सबसे पहले इसी थैली को खोलकर देखा था। इसमें वही नाक की लौंग थी।

उसकी नींद में आजकल एक अजब-सी छटपटाहट घर कर गई है। वह आँखें बन्द करता है और ख़ुद को एक बड़े हॉल में खड़ा पाता है। इस बड़े कमरे में एक तरफ़ औरतों का प्रार्थना घर है, पर वह इसे देखने से चूक जाता है। उसको आँखों के सामने औरतों का एक झुंड नज़र आता है; दूर तक फैली हुई साड़ियों पर फॉल टाँकती औरतें हैं वहाँ, पर वह जिन्हें ढूँढ़ रहा है, वे उसे कहीं नज़र नहीं आतीं।

वह देर तक करवटें बदलता रहा और फिर उठकर घर के बाहर निकल गया। सड़क के किनारे-किनारे चलता हुआ वह गोल पहाड़ी के उस हिस्से में जा पहुँचा, जहाँ सीधी खड़ी चट्टान थी और जिसे देखने रोज़ कई सैलानी आया करते थे।

घाटी के सीने के ठीक ऊपर सीधी खड़ी चट्टान के एक कोने से खड़े होकर उसने नीचे झाँका...आँख में देर तक तैरता हुआ पानी का एक क़तरा

कोने तक आया, इकट्ठा होकर एक बूँद में बदल छलछलाने को बेचैन होने लगा। उसने हथेली फैलाकर उस बूँद को थाम लिया। नीचे घाटी में देख सोचना शुरू कर दिया।

जैसे मिट्टी में उग आते हैं खरपतवार
जैसे जल में उगता है जीवन
जैसे उग आती है छाया में धूप
जैसे दुःख में भीतर उग जाता है मन
जैसे घाटी में उठ खड़ा होता है पहाड़
वैसे ही आँख में फिरता है पानी...

इसके बाद उसके सोचने का क्रम बिगड़ जाता है और मन में चल रही अजब सी ख़ाम-ख़याली रुक जाती है और हमेशा से अन्दर गूँजती हुई धुन उसके कानों के नज़दीक आकर गुनगुनाने लगती है।

हम गवनवा न जइबे हो हँसुली बिना...
हमने हेरी चन्दा की दो-दो रतियाँ, हमने देखि एक जागी-जागी चकोरिया
चकोरिया हो हँसुली बिना...

उसने सोचा कि क्या होता अगर वह उस आँसू को फिसलने देता? क्या गिरते हुए वह किसी पत्थर से टकरा जाता या सबसे बचते-बचाते दूर कोने की घास में डूब जज़्ब हो जाता। इधर-उधर देख उसने उड़ती हुई बौराई-सी हवा के कान में फुसफुसाकर कहा कि आँख से उतरा सबसे पहला आँसू का क़तरा यक़ीन का और उसके बाद का पूरा दरिया ग़ैरयक़ीनी का होता है; पर अच्छा तैराक तैरने की तैयारी के बजाय पहले ही क़तरे को हथेली में थाम लेता है... यह क़तरा ही मोती है, जिसे थामने की कोशिश में उम्र अपनी ज़द्दोजहद की चारदीवारी में घूमती रहती है।

हवा ने ठिठककर पहले उसे देखा फिर बीमारी से कमज़ोर हुए उसके हाथों

को, और बिन पूछे ही मानो उससे पूछा लिया कि...

"तुमने आँसू के किस क़तरे को, किस हथेली में थामा था?"

इस बात पर उसने चौंककर अपने बाजुओं को देखा जो कि बार-बार खाँसने से लरज़ जाते थे।

उसने देखा, हवा की गोल कलाई पर जो हड्डी है, उसके कोने पर समूचा रेगिस्तान रेत के एक कण में छुपा बैठा है। उसने हवा की कलाई को बड़े एहतियात से थामा कि ज़रा-सी धमक से, जरा-सी जुम्बिश से वह रेगिस्तान कहीं दरककर बिखर न जाए। उसने कलाई को पकड़े-पकड़े कहना शुरू कर दिया...

"क्या तुमको पता है कि बाजू और पाँव, दोनों एक-सी बनावट वाली सीढ़ियाँ हैं। बस, इनके क्रम अलग-अलग हैं। अक्सर ये सीढ़ियाँ चप्पू की तरह काम करती हैं, जो धारा के साथ चलो तो बाजू दुख जाते हैं और उलट तो पाँव। जानते तो हम सभी हैं कि सफ़र के शुरू होने से ख़त्म तक की दोनों ही सूरतों में ये सीढ़ियाँ घिसकर ग़ायब हो जाएँगी। छोटे पत्थर तो नदी के पानी में बहकर एक जगह से दूसरी जगह पहुँच ही जाते हैं, पर बड़ी चट्टानों का क्या? वो हरदम पानी की चोट से रेशा-रेशा घुलकर पानी का नमक तो बढ़ा देती हैं, पर ख़ुद अपने आप से हाथ धो बैठती हैं। मुझे लगता है कि कभी मैं घर से निकलूँ और किसी को तलाशूँ या किसी राह चलते अजनबी को एकदम ही चौंका कर कहूँ कि तुम्हारी ज़िन्दगी तभी भली है जब तुम ख़ुद को बड़ी चट्टान बनने से रोक सको।"

हवा ने उसे देखा, धीरे-से उसके हाथ से अपनी कलाई निकाली और कहा—

"बावरे हो क्या? हर रोज़ किसी अजनबी को ढूँढ़ना सही नहीं। जी के क़िस्से जाने-परखे लोगों पर ही खोलने चाहिए, राह चलतों को क्या बयान देना?"

हवा की कलाई से दरककर रेगिस्तान उसके पैरों के नीचे आ लगा, जिसमें वह अब धीमे-धीमे धँसता जा रहा था। हवा टूटकर घाटी में किस पत्थर की ओट में जा गिरी, वह देख नहीं पाया।

वह जब तक उसे ढूँढ़ पाता तब तक किसी दूसरे हवा के झोंके ने आ उसके कानों में फुसफुसाकर कुछ कहा, जिसे वह सुन नहीं पाया...

4

अठारह की उम्र तक आते-आते उसके अन्दर बेचैनी और रोष साफ़ दिखने लगा था। वह बात-बेबात लोगों से लड़-भिड़ जाता था। कहीं कुछ बस नहीं चलता तो घर का ही सामान तोड़ने लग जाता। उसे ऐसा लगने लगा था कि उसके सामने सब कुछ दो हिस्सों में बँटा हुआ है और इस बँटवारे में एक तरफ़ उसकी कमजात, कीच भरी नाली सी बजबजाती आवारा भटकती हुई ज़िन्दगी थी और दूसरी तरफ़ लाला साब के शीशे से साफ़ महल, मकान थे। ऐसे ही कभी-कभी वह सपने में अपने पैरों को कीचड़ में सना पाता और देखता कि उसके हाथ दूसरी तरफ़ एक कोठी की ओर बढ़े जा रहे हैं। वह चाहता है कि आगे बढ़कर इस कोठी को छूकर देखे, पर उसके पैर जड़ हो जाते हैं। उसे महसूस होता है कि देखते ही देखते किसी अँधेरे कोने से निकलकर कई सारे राज-मिस्त्री अपने हाथों में बेलचे, कुदालें, कन्नियाँ, फावड़े, लेकर उसके सामने आन की आन उस कोठी को दो फाड़ कर देते हैं। उसे नज़र आता है कि उस मलबे पर खड़े होकर जैसे उसकी तरफ़ देख लाला साब हँस रहे हों। उसके कानों में जाने किनकी बे-चेहरा आवाज़ें गूँज जाती हैं...

"सही खेल गए, लाला।"

"भतीजा तो मारा ही और बीबी भी किनारे लगाई।"

"अब अपने मन-माफ़िक़ की लाएगा कोई।"

"पसन्द से तो यह वाली शादी भी की थी।"

"बीबी के कुछ दिन चढ़े हैं क्या?"

"शायद चौथा या पाँचवाँ।"

"इनका है या पुष्पेन्द्र का?"

"कौन जाने?"

"च्च्चच्च्।"

"सही खेल गया सच में।"

वह इन आवाज़ों से डरकर वहाँ से दौड़कर हटना चाहता है, पर उसके पैर कीचड़ में फँसकर रह जाते हैं और लाला साब उसे ऐसा छटपटाते देखकर हँसते रहते हैं।

सुजीत भाई सा ने ही उसे एक दिन ले जाकर ब्रजेश की दुकान पर खड़ा कर दिया और कहने लगे कि वह यहाँ प्लम्बरी का काम सीखे और बाद में कुछ पैसे जोड़कर चाहे तो अपना ख़ुद का काम डाल ले या यहीं काम करता रहे। वह कुछ महीनों तो उनके कहे के हिसाब से काम करता रहा। पहले वह नानी को रामस्वरूप की नमकीन बनाने की दुकान पर छोड़ता जहाँ वह नमकीन, चना-ज़ोर-गरम और मठरी-समोसे बनाने का काम किया करती थीं। उसके बाद वह अपनी दुकान पर आया करता था। फिर धीमे-धीमे वह दुकान से ग़ायब रहने लगा। कोई जान पाता कि वह काम पर नहीं जा रहा, उससे पहले ही वह एक दिन घबराया हुआ आया और सुजीत भाई सा के पैरों से लग गया। उसकी आँखों से आँसू बहे जा रहे थे।

"क्या हुआ?" भाई सा ने घबराकर पूछा।

"मैंने शायद उन्हें मार दिया?"

"किन्हें?"

"मुरैना वाले लाला साब को।"

"क्या किया?"

"मैं कई दिन से आगरे जा उन पर नज़र रखे हुए था। आज कोई साथ नहीं था उनके, तो मौक़ा देख उनके ऊपर अद्धे से चोट कर आया।"

"तुम घर जाओ, मैं पता करके आता हूँ।"

भाई सा ने उससे इतना ही कहा और बाहर निकल, दुकान बन्द कर सीधे बस-अड्डे की राह ली। अगली सुबह जब तक वह लौटे नहीं उसे धक-धक ही होती रही कि क्या पता किसी ने उसे हमला करते देख लिया हो? क्या पता उसकी बस के पीछे पुलिस लग गई हो और अब उस तक पहुँचने वाली हो?

सुजीत भाई सा घर पहुँचकर सीधे नानी से मिले और उन्हें सारा वाक़या बता दिया। उन्होंने नानी को यह भी बताया कि लाला साब ठीक हैं और उन्हें कुछ नहीं हुआ। बस, ईंट की चोट से ज़रा सिर खुल गया था तो कोई पाँच-छह टाँके लगे हैं।

फिर उसी दिन यह तय हुआ था कि उसे जैसे भी हो, वहाँ से बाहर निकालना है वरना कल को जाने क्या हो जाए?

वह घाटी के किनारे के ऊपर अभी भी वैसे ही खोया सा खड़ा हुआ था कि हवा के दूसरे झोंके ने उसके कान में एक बार और फुसफुसाकर ग़ायब होने से पहले कहा, "हवाओं को आख़िर एक दिन बड़ी चट्टानों में बदलना ही पड़ता है, भले ही यह भली बात नहीं।"

उसके पैरों से लिपटा हुआ रेगिस्तान अब सिमटकर चट्टान के पास बैठा था और उसी से कन्धा टिकाए ख़ामोशी भी वहीं थी। उसने देखा कि ख़ामोशी के बालों में रेत के जुगनू झिलमिला रहे हैं। उसने अपनी आँखें बन्द कर सिर झुका लिया। सिर के बोझ से झुकते-झुकते गर्दन अब ऐसी जगह आकर थम गई थी जहाँ से वह बन्द आँखें लिये भी अपने दिल में झाँक सकता था। उसने देखा कि उसका दिल एकदम ख़ाली है...जैसे एक बड़े कमरे में निर्वात आकर पसर जाए, एक ख़ला कहीं से उठकर आए और चुपचाप मुफ़ीद जगह पाकर अपना डेरा डाल ले।

दिल की गहराइयों से पार उतरकर उसने स्मृति की एक बन्द गली में घुसना चाहा, पर इस गली में आगे बढ़ने का कोई रास्ता नहीं था। उसने ख़ुद को बहुत टटोलकर देखा तो यह पाया कि उसकी स्मृति बस किसी गन्ध और

टूटे-टूटे चित्रों के सहारे इस जगह ठिठकी खड़ी है; यूँ भी बचपन से उसे बहुत लम्बे समय तक कुछ याद नहीं रहता था। घड़ी भर को किसी अज़ाब की तरह याद सिर पर आती और फिर पल भर में ही बरसात के पानी की तरह उतरकर ज़मीन में समा जाती।

उसके नथुने फड़फड़ाए और साँस ने जाने कितने सालों पीछे की तेल में भुनती सूखी लाल मिर्च की धसक खींचकर गले से नीचे उतार ली। खाँसी का एक हल्का-सा दौरा उठा और फिर साँस ख़ुद ही सम पर आ गई। उसकी आँखें अभी भी बन्द थीं और उन बन्द आँखों में से एक में अल्युमिनियम की बड़ी-बड़ी देग़ों में उबलता हुआ काला चना था तो दूसरी में तेल के बड़े कड़ाहे में वही चने तले जा रहे थे। अब उसकी आँख में एक पतले चबूतरे के साथ जुड़ा एक छोटा कमरा तैर गया, जिसके एक कोने में एक गड्ढा था। उसने देखा कि एक कमर झुकी आकृति वहाँ बैठकर उस गड्ढे में उन चनों को डालकर कूट रही थी। तभी किसी खोह से निकलकर एक हाथ बढ़कर आया और उसे झकझोर गया। दृश्य उसकी आँख में मिट चुका था, पर अब भी उसने अपनी बन्द पलकें नहीं खोली थीं। उसे लगा कि उसके एक कन्धे पर हल्का-सा दबाव पड़ रहा है, उसने आँखें खोल, गर्दन घुमाकर देखा और कन्धे पर चोंच मारते परिन्दे को हाथ से झटककर उड़ा दिया। परिन्दा हवा में फड़फड़ाया और फिर उसके नज़दीक आकर रुक गया। सहमे हुए परिन्दे ने हिम्मत कर उसकी उठी हुई हथेली पर अपने पाँव टिका लिए और उसकी तरफ़ देखकर कहना शुरू कर दिया—

"तुम बहुत भावुक हो...और बहुत भावुक लोगों से मिलकर आपको ऐसा लगेगा, जैसे आपके अन्दर का पानी कहीं सूखकर ग़ायब हो गया है। इनके मन दरारों से इतने पटे होते हैं कि कभी भी कुछ सहेज नहीं पाते। हर भावना, हर इच्छा, हर उत्कंठा आँखों से बह जाती है। भावुक लोग रेगिस्तान जैसे होते हैं, जिनके मन में सदा रेत और धूल के बवंडर मँडराते रहते हैं। किसी सूखे पेड़ को सींचने के लिए बहुत पानी लगता है, पलकों से झरती हुई बूँदें अक्सर इतनी खारी होती हैं कि आप उनसे किसी ठूँठ की प्यास बुझा नहीं सकते। ठूँठ तो बहुत दूर

की चीज़ है, आपकी ख़ुद की इतनी-इतनी गीली आँखें आपको नमी और ठंडक नहीं देकर जातीं बल्कि उलटे जलन और किसी आँख की दवा की दरकार दिए जाती हैं। सूखे पेड़ों से उड़कर परिन्दे बस पिंजरे में जाकर ही टिकते हैं।

उसने आँखें बन्द कीं और सोचा कि उसे ख़ुद को ठूँठ होने से बचाना है। आँख की नमी को अच्छे कारण के लिए बचाकर रखना है, जीवन के दृश्यों का तारतम्य फिर बैठाना है। उसने तय किया कि वह काम करेगा, पैसे जोड़ेगा और सब लेन-देन चुकाकर सुजीत भाई सा के हाथ में बचा हुआ पैसा रखकर कहेगा कि मीना भाभी के हाथ में माँ की जो दो चूड़ियाँ पड़ी हैं, वे उसे दे दी जाएँ। वह उन्हें नानी को पहना देगा और फिर उन्हें नानी की कलाइयों में देखेगा तो महसूस करेगा कि वे मानो माँ के ही हाथ हों।

वह उठ खड़ा हुआ, पैंट से रेत झाड़ी और कमरे की तरफ़ चल दिया। उसकी उँगली पकड़े हुए उसके संग वही छोटा बच्चा चल रहा था, जिसे एक दिन नानी जेल से अपने साथ लेकर आई थीं। उसके भीतर से निकल वो गीत भी इन दोनों के संग क़दमताल करता हुआ चले जा रहा था—

हम गवनवा न जइबे हो कँगनवा बिना...
जैसे टिकुली सा चमके गोरा-गोरा चंदा,
गोरी की यूँ चमके गोरी रे कलाई
कलाई हो कँगनवा बिना...

अब यहाँ से लौटकर...किधर जाएँगे

1

पिछली सर्दियों की बर्फ़ अब पिघलने लगी थी। पहाड़ का जो टुकड़ा काटकर पार्क बनाया गया था, उसके पिछवाड़े में जमी बर्फ़ की तह अब नीली से सफ़ेद होती जा रही थी। जिस बेंच पर वह बैठी थी, वो बेहद ठंडी थी। उसे लगा, अगर थोड़ी देर और बैठी रही तो सारा ख़ून जमकर लाल बर्फ़ की सिल्ली बन जाएगा और वह अकड़कर मर जाएगी। वैसे जीने-मरने का भेद कहाँ बचा है उसके लिए? अब जो इस देह में है, वह ख़ुद वही है या कोई और, उसे मालूम नहीं। ओस से भीगी घास में कोई कीड़ा चुपचाप चलता हुआ आया और उसके टखने पर काट गया। उसने चिहुँककर पाजामा उठाया और देखा, टखने पर कई सारे छोटे-छोटे दाने उभर आए थे। जाने बीटाडीन पड़ी भी है या नहीं, वह बड़बड़ाई और उठ खड़ी हुई। चलते-चलते उसने सिगरेट सुलगाई, गहरे कश खींचे और फिर मसलकर फेंक दी। वह पार्क के गेट तक आई पर अँधेरे में उजाले की हल्की लौ अभी फूटी नहीं थी। उसने घड़ी देखी, सुबह के पौने छह ही बजे थे। अभी तो कोई सवारी भी नहीं मिलेगी, यह सोच वह पास की एक बेंच पर बैठ गई और आँखें मूँद सोचने लगी कि कितने सालों से उसके अन्दर एक शोला लपलपा रहा है और वह उसे निकाल बाहर फेंक ही नहीं पा रही। वह जानती है कि अक्सर आसमान से लपकता शोला हँसकर किसी-न-किसी पेड़ को अपने

सीने पर लेना ही पड़ता है, यही सोचकर वह इस शोले को अन्दर रखे हुए है।

एक अलसाई-सी रौशनी उसके चेहरे पर आकर ठहर गई थी। उसने आँखें खोलीं तो देखा कि पार्क में लोगों की आमद-ओ-रफ़्तार बढ़ गई थी। पुराने टहलने वाले, नए दौड़ने वाले, गोद में बच्चे लटकाए घूमती माँएँ, नकली हँसी हँसते बूढ़े जाने कब आकर मुस्तैदी से अपनी-अपनी जगहों पर क़ाबिज़ हो गए थे। वह बाहर जाने को उठी ही थी कि दूर कहीं से एक आवाज़ तैरते हुए उसके पास चली आई।

" चम्पाऽऽऽ रीऽऽऽऽऽ चम्पा, चाय ले जा।"

उसने पलटकर ऐसे देखा मानो यह आवाज़ उसे यहीं कहीं से दी हो किसी ने। पर ऐसा कौन है अब जो उसे आवाज़ लगाए? आवाज़ वाले सब मील के पत्थर तो जाने कहाँ पलट गए। उससे थोड़ी दूरी पर एक लड़की उनींदी-सी टहल रही थी। उसकी चाल बाक़ी सबसे अलग थी। इस लय में कुछ ऐसा अनमनापन था जो किसी ख़ुशगवार रात के जादू टूटने पर होता है। स्थगन का वो पल, जिसे आप चाह कर भी टाल नहीं सकते, जब आप जान जाते हैं कि रात बीत गई और अब आपको रोज़मर्रा के उसी खाँचे की तरफ़ वापस लौटना पड़ेगा जहाँ आपके हिस्से एक इन्तज़ार होगा, एक लम्बी उदासी होगी...और भी न जाने क्या-क्या होगा? उसके नज़दीक दाईं तरफ़ दो हमउम्र लड़के तस्वीरें खींचने में लगे थे। क्या करते होंगे ये इन तस्वीरों का? खींचकर मिटा देते होंगे या सहेजकर रख लेते होंगे? उसके मन में एक बार को यह ख़याल आया कि उठकर जाए और उनसे पूछे कि जब वे तस्वीर खींचते हैं तो पत्ते से पूछते हैं कि गिरते वक़्त डर लगता है क्या? अधखिले टूटे फूल से उन्होंने कभी पूछा है कि जब शाख़ से टूटकर अलग हुए थे तो क्या जी भर आया था? क्यों उसे इन्हें देखकर शाख़ से टूटे, ज़मीन पर गिरे किसी फूल की याद आई? उसने जानते-बूझते इस सवाल से आँख फेर ली और पार्क से बाहर की तरफ़ चलना शुरू कर दिया।

कमरा सारी रात वैसा ही बिखरा पड़ा था जैसा वह छोड़ गई थी। यहाँ और ऐसा था भी कौन जो उसकी अनुपस्थिति में उसके बिखराव की देखरेख करता?

उसने मेज़ की दराज़ों को टटोलकर देखा, पर दवा कहीं नहीं मिली, मगर इस उठा-पटक में उसके हाथ एक काग़ज़ आ गया। जाने कब का मुड़ा-तुड़ा लगभग चिन्दी-सा वो काग़ज़ पीला पड़ गया था, जिसे वह अब तक सहेजकर रखे हुए है। उसने काग़ज़ खोला, पढ़ा और वापस उसी दराज़ में डाल दिया।

"मैडम जी, उसे घर मत भेजिए। कह दीजिए कि घर से कोई जवाब नहीं आया।"

उसे अब तक दवा नहीं मिली थी, पर अब दर्द इतना नहीं था कि कोई दवा ली जाती। वह उठी और पलंग पर पसर गई। जगह-जगह फैले सामान को समेटने में उसकी कोई दिलचस्पी नहीं थी। आठ बजने वाले थे और उसकी चाय की तलब ने ज़ोर मारना शुरू कर दिया था। उसने एक नज़र खुली खिड़की पर डाली और तकिये से मुँह ढक लिया। खिड़की के बाहर नर्म हरे रंग वाले नाज़ुक पत्ते खिलने लगे थे। हरे में भी कितने रंग होते हैं, खुरदरा, चटकीला, कठोर, रेशमी, नरम हरा और भी न जाने कितने। बसन्त की आमद कुछ और नए रंग घोल देगी पेड़ों पर, मौसम ज़रा देर ख़ुशरंग हो जाएगा। कितना फ़र्क़ है खिड़की और चौखट के बाहर? चौखट के ऐन बाहर ज़ंजीरें हैं, जिनके दोनों सिरे उसके पाँव पर आकर ठहर जाते हैं। खिड़की के बाहर देखने भर से तो आज़ादी हासिल नहीं। जिस आज़ादी की तरतीब उसने बैठाई थी, उम्मीद लगाई थी, वो तो इतनी गुरेज़-पा है कि आज तक इस राह पर उसने पैर ही नहीं धरा। हवा की पेड़ों के साथ धींगा-मुश्ती मार्च के होने का पुरज़ोर सबूत थी।

2

"नाम क्या बताया तुमने?" डॉक्टर ने पूछा।

"पिछली बार भी पूछा गया था मुझसे।" उसने कहा।

"पर तुमने पिछली बार भी कहाँ बताया था नाम दूसरे डॉक्टर साहब को?

अब जब तक तुम यहाँ हो, मैं ही तुम्हारी काउंसलर रहूँगी। वह डॉक्टर साहब ट्रांसफर होकर चले गए यहाँ से। बताओ, क्या नाम लिखूँ फ़ाइल में?"

"भला नाम रखने में क्या है, डॉक्टर? मेरा नाम मारग्रेट हो सकता है, एलिज़ाबेथ हो सकता है। मज़े की बात तो यह है कि अगर एलिज़ाबेथ होता तो क्या इंग्लैंड के सब खाट-बिछौने मेरे नाम हो जाते वसीयत में? चम्पा होता तो क्या मुझमें से फूल झरते? मैरी हो सकता है। मैरी होता तो क्या मदर मैरी मान लेते मुझे आप लोग? आप जानती हैं न मदर मैरी कितनी पवित्र थीं और मैं??? किट्टी बुलाओ, कामना बुलाओ, आप जिस नाम से चाहो बुलाओ मुझे। किसी भी नाम में क्या बुराई है, भई? हर नाम ख़ासा बढ़िया तो है। जो चाहें वह लिख लें अपनी तसल्ली के लिए।" वह बोली।

"तुम जानती हो, पवित्रता और अपवित्रता मन के अपने बनाए भेद हैं। ऐसी कोई बेड़ी नहीं जिसे हौसला तोड़ नहीं सकता।" डॉक्टर ने बात बढ़ाने की ग़रज़ से कहा।

"ये पता है मुझे, पर हौसला किसी हाट-बाज़ार में मिलता नहीं कि हफ़्ते के हफ़्ते जाकर ख़रीद लिया। आप जानती हैं कि मुझे कहाँ से लाया गया है?"

"हाँ, जानती हूँ। पता है मुझे कि तुमको कहाँ से रेस्क्यू किया था? देखो, यह टेम्परेरी शेल्टर है। यहाँ बहुत लम्बे वक़्त तक किसी को रखा नहीं जा सकता। तुम्हें भी शिफ़्ट करना ही होगा यहाँ से। घर जाने का मन बनाओ तो घर भिजवाया जा सकता है। वार्डन ने बताया कि बहुत कहने के बाद भी तुमने पुलिस को पता नहीं दिया।"

"पता दे दिया था। और जवाब क्या आना था, यह भी मालूम था मुझे। अब आप जहाँ भेजना चाहो, भेज दो मुझे।" उसने पलटकर कहा।

"उदयपुर या नैनीताल, जहाँ के भी एन.जी.ओ. में व्यवस्था बन जाएगी वहाँ भेजा जाएगा फिर तुम्हें। वार्डन कह रही थीं कि तुम रात भर जागती रहती हो। कई बार बाहर आकर कॉरिडोर में टहलने लगती हो। अगली बार अगर उसने ऐसा कुछ कहा तो मुझे तुम्हारी रिपोर्ट में मेंशन करना पड़ेगा। थोड़ा मैडिटेशन

किया करो, प्रार्थना किया करो।"

"एक समय के बाद प्रार्थनाएँ चुक जाती हैं, ख़त्म हो जाती हैं।" उसने कहा और जाने के लिए उठ खड़ी हुई।

"तुमने लिखना क्यों छोड़ रखा है...मैंने सुना है कि पहले तो लिखा करती थीं तुम। अच्छी हैबिट्स को कल्टीवेट किया जाता है, उन्हें छोड़ते नहीं हैं। मेरा सजेशन है कि दुबारा लिखना शुरू करो। तुम नाम नहीं बताना चाहती हो तो कोई बात नहीं। फिर मैं अपनी मर्ज़ी से कुमुद लिख रही हूँ तुम्हारा नाम; बाद में जब भी कहोगी, बदल दिया जाएगा। यह अभी बस थोड़े समय के लिए है।"

डॉक्टर ने देखा कि उसकी भावहीन, ठंडी आँखों में कुछ भी नहीं उभरा। बस नींद की छाया से भारी लग रही थीं वे आँखें। उसने एक उदास मुस्कान छोड़ी और बाहर निकल गई।

"मुझे बार-बार क्यों जाना पड़ता है वहाँ?" उसने लौटकर वार्डन से पूछा।

"ये स्टैंडर्ड प्रोसेस है, प्रक्रिया है कि काउंसलर से कुछ दिनों तक मिलना पड़ेगा। अब पुराना डॉक्टर चला गया है तो तुमको इस नई डॉक्टर के साथ शायद कुछ ज़्यादा सेशंस लेने होंगे।"

"कब तक?"

"जब तक डॉक्टर और पुलिस की टीम को ज़रूरी लगेगा या तुम घर जाने को राज़ी हो जाओ।" वार्डन ने मेज़ पर रखी एक कॉपी उठाते हुए कहा और पढ़ना शुरू कर दिया—

दोनों तरफ़ दरिया के
मुस्तैदी से खड़ा है साहिल हिफ़ाज़त को...
न जुनूँ...
न माँझी...
न बादबाँ...
न कश्तियाँ ही उतरने देता है...

मुक़ाबिल किनारों पर सिर पटक-पटक के दम तोड़ देता है पानी...
अजब तौर है यहाँ हिफ़ाज़त का!!

"ऐसी कौन सी जगह है जहाँ पानी सिर नहीं पटक रहा। अपनी-अपनी मिट्टी में पानी हर जगह बँधा हुआ सिर ही पटक रहा है। इन जगहों से निकलकर लोग तो वापस लौटना चाहते हैं अपने घरों में कि जैसा भी हो सिर पटकने के लिए अपना घर तो है; धीरे-धीरे ही सही शायद कभी पूरी तरह ही अपना ले घर। तुम क्यों लौटना नहीं चाहतीं?"

"क्योंकि मैं घर ही से..." कहते-कहते वह चुप हो गई, जैसे कुछ याद आ गया हो। उसने घूमकर वार्डन की तरफ़ देखा।

"क्या देख रही हो इतने ग़ौर से?" वार्डन ने पूछा।

"देख रही हूँ कि आपके चेहरे में एक तरह की कर्कशता है। ममता का लेशमात्र भी नहीं।" उसने कहा।

"इस शेल्टर हाउस में जैसे केस आते हैं, उन्हें डील करने में यह कर्कशता ही काम आती है। यहाँ अगर कोई ममता रखे तो जल्दी ही पागल हो जाए। दिमाग़ सही रखने के लिए दिल कड़ा करना ही पड़ता है।"

उसका मन हुआ कि वह वार्डन के गले लगकर रो ले। एक गुबार जो कहीं है उसके अन्दर, उसे निकाल दे।

"कल जब जाओ तो अपना लिखा हुआ ले जाना। डॉक्टर पढ़ना चाहती हैं तुम्हारा लिखा।" वार्डन ने कहा।

3

उसकी नींद टूटी तो उसने ख़ुद को पहले की तरह अकेला पाया। जाने कितना वक़्त बीत गया था? उठने पर पैर दर्द से लहका तो उसने देखा कि टखने पर

सूजन आ गई थी। वह उठी, एक आले में रखी रुई और एक दूसरा मलहम उठाया तो काग़ज़ों के एक पुलिन्दे से हाथ टकरा गया। कुछ फटे, गले, चीथड़े काग़ज़ एक रेशमी धागे में बँधे हुए थे। ये उसकी ही किसी कॉपी के पन्ने थे, जिन्हें वह वहाँ से आते वक़्त फाड़कर अपने साथ ले आई थी। उसने सैकड़ों बार के पढ़े उन पन्नों को दुबारा खोल लिया। उनके खुलने से सीलन की एक तेज़ गन्ध उस कमरे में घूम गई मानो उसे आगे बढ़ने से रोकने आई हो। उन पाँच-सात फटे हुए टुकड़ों में बस कुछ ही पन्नों की लिखाई साफ़ थी, बाक़ी के पन्नों से अक्षर मिटे हुए थे। हर पन्ने पर एक अलग कहानी। जाने कैसे उसने किस चम्पा की कहानी लिखी थी? कौन थी यह चम्पा? यह मैं ही तो नहीं कहीं? मैं ही तो थी। न होती तो कौन लिख पाता, उसने सोचा।

खुली खिड़की से आती हवा पिघली हुई बर्फ़ की ताज़ी ख़ुशबू उसके पास ले आई; उसके मन पर पड़ी धूल कहीं हल्की-सी उड़ी और फिर बैठ गई। उसे याद आया कि एक बार डॉक्टर ने उसका हाथ छूकर ऐसा ही कुछ कहा था।

“तुम्हारे शरीर से कोहरे की ठंडी गन्ध आती है। ऐसा लगता है मानो आस-पास कहीं घिसी हुई बर्फ़ रखी हो। ये गन्ध कई बार मुझे अस्थिर कर जाती है, कुमुद। एक बात मन में है। कभी-कभी बेचैनी में लगता है कि तुमसे कह दूँ, फिर सोचकर डर जाती हूँ कि तुमको जाने कैसा लगे?”

“मैं लोगों के छूने के तरीक़े को पहचानती हूँ, डॉक्टर। मैं जहाँ से आई हूँ, वहाँ सबसे जल्दी स्पर्श और दर्द की भाषा सीख ली जाती है।” उसने डॉक्टर की हथेली को अपनी कलाई से सरकाते हुए कहा।

“ठीक, फिर अगले हफ़्ते सेशन पर मिलते हैं।” डॉक्टर ने कहा।

“अब और कितने सेशन चलेंगे? आप लोग बाक़ी लड़कियों के साथ तो इतने महीनों तक चलने वाले सेशन नहीं रखते।” उसने डॉक्टर के उतरे हुए चेहरे की तरफ़ देखकर कहा।

“तुमको पुलिस की टीम ने फ़्लैश ट्रेड के दलदल से रेस्क्यू किया था। इस तरह के केसेज़ में काउंसलिंग सेशंस लम्बे चलते हैं। अब तुम जाओ। अगले

हफ़्ते मिलेंगे।" डॉक्टर ने ज़रा खिसियाकर कहा।

उसने पलटकर कुछ कहा नहीं। बस, चुपचाप डॉक्टर के केबिन से बाहर निकल गई।

"नैनी झील में बहुत सालों पहले कई बच्चों के डूबने के बाद एक बड़ा जाल लगाया गया था ताकि कोई ग़लती से उस किनारे की तरफ़ निकल जाए तो डूबे नहीं। अब वहाँ जाल नहीं है, मैडम। तो सँभलकर जाइए उस तरफ़, देखभाल के।"

यह एक आवाज़ कई बार उसके कानों तक आती और पलट जाती।

"क्या वो आवाज़ लगाने वाला जानता था कि वह बहुत पहले ही डूब चुकी है, उसके गले तक किसी दलदल का कीचड़ चिपककर सूख गया है, जो उसकी कोशिशों के बाद भी छूटता ही नहीं।"

खुली खिड़की की हलचल कुछ देर ठहरी रही, फिर आवाज़ और उसमें कोई राब्ता न बनता देख वापस अपनी लय में लौट गई। उसने अपना सिर पलंग से आधा लटकाकर फ़र्श को देखा, जिसका नीला रंग उसकी दुःख की रौशनी में एकमेल हो झिलमिला रहा था। उसे याद आया कि ठीक ऐसी नीली रौशनी उसके बचपन में घर की छत पर फरवरी की रातों में उतरती थी। उसने उठकर खिड़की बन्द की तो कमरे में ज़रा देर को आई फरवरी की याद वापस लौट गई।

4

"डॉक्टर, मुझे आजकल जाने क्यों सपने में एक क़िला दीखता है, चौड़ा और दूर तक फैला हुआ। हालाँकि मैंने जयपुर, चित्तौड़गढ़, मैसूर, बीजापुर, गोलकुंडा—ऐसा कोई शहर नहीं देखा जिसमें कोई क़िला हो। सिवाय एक आगरा के। क़िला तो यहाँ भी कभी भीतर से नहीं देखा। देखा है तो इसकी बाहरी दीवार या परकोटे

को। कभी इसके साये से निकलो तो ऐसा लगता है जैसे किसी सड़क पर खिंची काली परछाईं पार की हो। बड़े को, भव्य को लाँघने सी कोई भावना उपजती ही नहीं अन्दर।"

"मन को हल्का रखो। हर सिचुएशन में सरेंडर नहीं करना चाहिए, हर बार मन को ऑटो-सजेशन देने की ज़रूरत भी नहीं होती। कभी अपने मन के साथ नेगोशिएट करो। फिर देखो, भावनाएँ भी उपजेंगी। कैसा क़िला दीखता है...? लाल पत्थर का? और क्या-क्या इमेजिन होता है उस क़िले के साथ?" डॉक्टर ने पूछा।

"जो क़िला मुझे दीखता है वो लाल पत्थर का नहीं है। यह अजब-से सुनहरे रंग का है, जैसे रेत से लीपा गया हो, पेंट किया हो। इसकी दीवारों में से कोई गीत नहीं उठता बल्कि दुपहर की ख़ामोशी अधखुली आँखों से देखती है। जब-जब ये दुपहर अपनी आँख झपकती है, मुझे किसी का पल-पल बनना और मिटना दीखता है, डॉक्टर, जैसे पियानो पर रखी उँगली से स्वर का निकलना और बदल जाना। कभी-कभी एक लड़की बिना चेहरे के चली आती है मेरे पास, पर इन सबके उलट जब उसकी कहानी लिखने बैठती हूँ तो आस-पास बस आवाज़ें गूँजती हैं; बिना शक्ल, बिना बनावट की आवाज़ें। कभी कोई आवाज़ ऐसे सुनाई देती है मानो कहीं दूर किसी खंदक से गूँजकर उठ रही हो।"

"तुम जानती हो इस कहानी वाली लड़की को, कुमुद? किसकी कहानी कहती हो तुम?"

"नहीं...नहीं जानती, पर ऐसा लगता है यह बार-बार किसी को ढूँढ़ने आती है मेरे पास। मैं जिसकी कहानी कह रही हूँ, वो कहती है कि उसने बार-बार जन्म लिया है, लेती रही है। वह मेरे पास बार-बार आती रही है और अब अँधेरे के एक छोटे-से टुकड़े से निकलकर मेरे अन्दर आकर उसने अपनी जगह बना ली है।"

"क्या तुम उसे जानती हो कुमुद, जिसे वह लड़की ढूँढ़ रही है?"

"नहीं जानती, पर यह क्या अनुभव है, डॉक्टर?"

"मुझे ऐसा लगता है कुमुद कि यह उस ट्रॉमा का साइड इफ़ेक्ट हो सकता

है, जिसमें तुम कई सालों तक रही थीं।"

वह चुप रही। उसने डॉक्टर की बात पर कोई भी प्रतिक्रिया नहीं दी। उसने देखा कि डॉक्टर की मेज़ पर उसकी एक कॉपी रखी है।

"मैंने ही कहा था तुम्हारी वार्डन से कि तुम्हारी चीज़ों में से डायरी या कॉपी जो भी हो, मुझे पढ़ने के लिए दे दें।" डॉक्टर ने उसकी आँखों में आए प्रश्न को देखकर कहा।

शाम रंग-बिरंगी रौशनी में भी फीकी लग रही थी। डॉक्टर के कमरे में दूर कहीं किसी किनारे पर डूबते हुए सूरज की फीकी रौशनी आकर ठहर गई थी। डॉक्टर कितने ही सालों से लोगों की काउंसलिंग करती आ रही है, पर आज तक कभी भी किसी मरीज़ के साथ ऐसा बन्धन नहीं लगा। कभी किसी के साथ इस तरह का भावनात्मक बन्धन नहीं हुआ, जितना पिछले कुछ महीनों में इस लड़की से हो गया था। डॉक्टर ने उठकर उसकी कॉपी खोली और पढ़ना शुरू कर दिया।

मेरे हाथों की तरफ़ देखो। कुछ भी नहीं है इनमें, शून्य है। दोनों रिक्त हैं। हे कस्सपा! मैं सब छोड़कर तुम्हारे पीछे-पीछे चली आई। सब तो त्याग दिया मैंने तुम्हारी अनुगामिनी बनने के लिए। तुम्हारे अनुराग में कस्सपा कुछ भी बचा नहीं मेरे अन्दर। देह की सब ऊर्जा तो रात-दिन तुम्हारे पैरों के चिह्नों पर चलते-चलते खो दी मैंने। तुम कहते हो लौट जाओ, चली जाओ। कहाँ जाऊँ मैं? शताब्दी जितना लम्बा पथ चलकर आई हूँ। पीछे मेरे अपने पाँव के चिह्न भी नहीं बचे, किसका हाथ गहकर लौटूँ?

"जाना तो होगा तुम्हें।"

"क्यों? साथ ले चलो अपने।"

"मैंने सब त्याग दिया है।"

"पर मेरा क्या, कस्सपा?"

"लुम्बिनी शुद्धोधन के पास चली जाओ।"

"यूँ ओस से गीले हाथ लिये, जिन पर कभी कुछ टिक ही न सके अब। इन पर वचन रखो कोई।"

"मेरा अगला अध्याय वहीं होगा। सिद्धार्थ से गौतम तक की यात्रा वहीं से होगी।"

"और मैं?"

"तुम अगले जन्म में चम्पा बनकर खिलोगी। मैं वचन देता हूँ, जन्म से परिनिर्वाण तक तुम्हारे फूल अपने पास रखूँगा। जाओ, अब विदा रही।"

धूप बादलों के पेट में पलती रही...

फ़ीनिक्स सौ दफ़ा अपनी आग में जलता और पैदा हो जाता। हुमा आसमानों में गोल-गोल चक्कर काटता और फिर थककर किसी के कन्धों पर उतर आता था। तुम जानते हो वो कन्धे किसके थे? मेरे! पता है, जिसके कन्धे पर हुमा बैठता है, उसे बादशाहत मिलती है और मुझे क्या मिला? जन्मों की भटकन, आना-जाना और अब सिर्फ़ इन्तज़ार। जल-जलकर राख हो जाना हमारे भाग में बदा है और हमारी राख से हम-सा ही कोई दूसरा पैदा भी नहीं होता। समय ने हमें फ़ीनिक्स जैसी सहूलियत भी नहीं दी। यह जुलाई की कोई बादलों से घिरी शाम है। रुकी हुई, मगर बरसने को तैयार। इस कमरे में जहाँ मैं हूँ वहाँ से आसमान साफ़ दिखाई दे रहा है, स्लेटी बादलों से पटा हुआ। दूर कहीं से जमुना के बहने की आवाज़ मुझ तक आ रही है। नीचे हुमैरा अपने बच्चों की सालगिरह की तैयारी में है। दोनों में साल भर का अन्तर ज़रूर है, पर तारीख़ एक ही। इन दिनों के उदास मौसम में यह सालगिरह का मौक़ा इस घर में थोड़ी ख़ुशी लेकर आएगा। पिछले कई सालों में जब से शाहिद गुमे, मेरे और हुमैरा के बीच दरार ही है। यूँ भी कितने दिन हुए कोई ख़बर आए। अगर आई भी होगी तो इस कमरे में आने से पहले उसने कहीं बीच ही में दम तोड़ दिया होगा। इतने सालों में कहाँ-कहाँ नहीं जाकर ढूँढ़ा उसे? जाने किस-किस की चौखट पर जाकर माथा नहीं धरा? कितने ही पीर-फ़क़ीरों के दरवाज़ों पर सिर झुकाया, पर नतीजा उतना ही झूठा

जैसे दिन में रात। अब तो इकहत्तर को बीते भी चार साल हुए। दिल्ली का दर ही बचा है खटखटाने को। कितना पैसा फूँक दिया मैंने इसके लिए, जाने कितना और लगेगा? पिछली बार भी मौंटी ने कुछ इन्तज़ाम करके दिया था। हुमैरा से कुछ मिलने की उम्मीद भी नहीं है। पहले भी टका-सा जवाब दे चुकी है वो।

"अप्पी कुछ पैसे मिलेंगे?"

"क्यूँ?"

"दिल्ली जाना है।"

"दिल्ली क्या तुम्हारी कानों की लवों पर धरा है कि झट बुंदे उतार झूमर पहन लिये? पिछली बार ही कितनी जोड़-जुगत से तुम्हारा तीन हज़ार का उधार चुकाया था मैंने। इस आँगन में एक मिर्च की पौध तक नहीं और तुम रुपयों का पेड़ गढ़ा समझती हो यहाँ।"

"फिर भी।"

"फिर भी क्या, चम्पा बीबी? लड़ाई में ग़ायब लोग कभी मिले हैं भला? लड़ाई में औरत दो ही चीज़ों पर दावा करती है, या तो सलामत लौटे पति पर या दरवाज़े पर आए तार पर। तीसरी किसी चीज़ पर दावे की कोई गुंजाइश नहीं। शाहिद से कोई तुम्हारा लम्बा राब्ता तो था नहीं। भूलो उसे, कहीं और घर बसाओ। बस, मेरा पिंड छोड़ो। मौंटी के मुताल्लिक सोचो, हर दूसरे दिन संदेशे भेज देता है। हर जुस्तजू कहीं पूरी होती है? तुम बादलों में फँसी धूप हो। अन्दर ही अन्दर सब सुखा डालोगी।"

"पर दिल का क्या करूँ?"

"दिल तुम्हारा है, जो चाहे करो।" कहकर हुमैरा चुप हो गई।

मैंने सालोसाल अपने दिल के तलवों पर सूती कपड़ा मला है, पर इसका ग़ुबार न कभी बैठा, न ठंडा ही पड़ा। दिल बाज़दफ़ा इतनी बड़ी चीज़ हो जाता है कि इसमें कई वीरान घाटियों के शान्त सफ़ेद मौसम पिघलने लगते हैं और उदासी के पेड़ हरे हो जाते हैं। दिल अपने एतराफ़ में मिट्टी का एक ढेला भर है जो ज़रा-सी नमी से ही गीला हो पनप जाता है, पर मेरे सीने में जो पड़ा

हुआ है, वो कोयले का एक लपलपाता हुआ टुकड़ा है जो अन्दर-अन्दर सब जला रहा है।

पुन: की भावना बड़ी दुखदायी है। किसी भी चीज़ का बार-बार घटना उसे दुर्घटना में बदलने के ज़रा और पास ले आता है, जैसे बार-बार निचोड़ी हुई देह में जीवन नहीं बचा रहता, जैसे चन्द्रमा रोज़-रोज़ निकलकर एक रात बिलकुल ही गुम हो जाता है, जैसे लगातार बहता झरना गर्मियों में अक्सर सूख ही जाता है। परिन्दे किन-किन घाटियों से उड़ान भरकर हर बरस शहर में आते हैं? हर साल इनकी गिनती कम हो जाती है। जिस रोज़ इन्हें यह रास्ता मन से याद हो जाएगा, ये उकता जाएँगे और यहाँ आना छोड़ देंगे। बार-बार का यह आना-जाना ख़त्म हो जाएगा। साल भर का इन्तज़ार किसी सूखी नदी-सा, गले की चटकन-सा कोने-कोने में फैल जाएगा। ये परिन्दे हमें बताते हैं कि यात्रा बाहर से भीतर को होनी चाहिए। जो पा लिया, जिसे जान लिया, जो घट गया, उसे तुरन्त ही मन में बन्द कर रख छोड़ो। तस्वीर फ्रेम से बाहर आई तो ज़रूर ही धूल-मिट्टी से सन जाएगी, पर कुछ चीज़ें तुरन्त ही मन के दरवाज़े से निकाल बाहर फेंक देनी चाहिए वरना धीरे-धीरे मन का रंग लाल से धूसर हो जाता है। दिन-रात के फेर में से कितने ही लोग तो मर के छूट पाते हैं, क्या इसका हिसाब किसी बही में रखा जाता है? कोई पूछता होगा समय से कि कौन बनाता है ये हिसाब? मैं कह पाऊँ तो कह दूँ समय कि...

"मुझे ज़रा भी नहीं भाता तुम्हारा ये हिसाब।"

"क्या हिसाब?"

"ये भी कोई चीज़ हुई, चौबीस खाँचों में बाँट दो ज़िन्दगी! पहले हिस्से को दिन बोलो और दूसरे को रात। ज़िन्दगी तो दिन-रात के कोनों से कहीं बड़ी है। ज़िन्दगी के दिन को तो बैगनी और रात को हरा होना चाहिए। तुम्हारे यहाँ रंग एक सफ़ेद तो दूजा काला, पर तुम केवल एक ही रंग देख पाए चमक का। तुमने धूप की पीली चादर के पीछे कितने स्याह, धुँधले, मटमैले अँधेरे धकेल

दिए। इनमें से कइयों का रंग तो वाकई बड़ा लाजवाब निकल सकता था। तुम किसी भी रौशनी के सामने होते ही उसके पीछे की सियाही को तुरन्त भूल जाते हो। इसलिए कहते हैं कि याद को सँभालकर रखिए, याद सँभालिए, याददाश्त सँभालिए। प्रेम और याद का इस स्याह-सफ़ेद से बड़ा सीधा सम्बन्ध है कि ठीक वैसे ही जैसे कि...

"जैसे कि?"

"जैसे कि सुर्ख़ रंगों वाला प्रेम जो गहरे दाग़ छोड़ जाता है।"

"और शोख़ रंगों वाला?"

"शोख़ रंग तो यूँ भी उड़ ही जाते हैं।"

"तो फिर प्रेम कैसा हो? सफ़ेद?"

"सफ़ेद रंग बहुत जल्दी गन्दा हो जाता है।"

"तो फिर कैसा हो?"

"स्याह।"

"????"

"हम्म्म्म स्याह का रंग उतरने में, धूसर होने में बहुत वक़्त लगता है। स्याह की जिजीविषा बड़ी विकट होती है। बड़ा जीवट रंग होता है यह।"

"फिर भी ऐसा प्रेम तो बड़ा डरावना होगा।"

"नहीं, तुम ऐसा क्यूँ मानते हो? इसे ऐसे मानो न।"

"कैसे?"

"ऐसे कि जैसे हर घने काले बादल के नीचे चाँदी का एक पतला बारीक़ तार छुपा होता है। वही तुम्हारी सिलवर लाइन है। दूर तलक जाओ और अपनी सिलवर लाइन को छू लो, परख लो और चमक का दरवाज़ा खोल लो अपने लिए। उथले पानी को जो चाहे पार कर ले, पर किसी की चाह में गहरा समन्दर पार करके देखो।"

उसकी बन्द आँखों में एक छत है जहाँ वह लेटी हुई है, जिसके ज़ीने के लाल

पत्थर घिस-घिसकर नारंगी दिखने लगे हैं। इस घिसे-घिसाए ज़ीने की पहली सीढ़ी पर वो है और आख़िरी पर एक पुकार। कई बार वह सोचती है कि हिम्मत कर यहाँ से उठकर भाग ले। उसने कई बार चाहा कि वह किसी अँधेरी रात में या बादलों भरी किसी सुबह छत से छलाँग लगा दे, पर हर बार वो पुकार उसके पाँव ज़ीने की तरफ़ लौटा देती है। वह पलटी, करवट खाई, तकिये में मुँह ज़रा और गड़ा दिया। उसने दिल की मेहराबदार जाली लगी सुरंगों में झाँककर अन्दर देखा। बड़े-बड़े ओक बैरलों में बन्द कर जैसे वाइन की उमर बढ़ाई जाती है, ठीक वैसे ही कभी वहाँ उसके अरमान आँख बन्द किए सो रहे थे। अब उन अरमानों की जगह चिन्दी-चिन्दी काग़ज़ों की कतरन पड़ी है। अब कितना मुश्किल दौर है, समय है...उसने सोचा, ज़िन्दगी और वो भी उसकी किसी शाख़ से टूटे पत्ते की तरह है। उसने धीरे-धीरे गर्दन ऊपर उठा ली, दिल की इन सँकरी गलियों की तरफ़ देखने का कोई फ़ायदा नहीं।

किसी ने नीचे आँगन में खड़े हो दुबारा हाँक लगाई।

"चम्पाऽऽऽऽऽ री चम्पा, चाय ले जा...ओ री चम्पा...री चम्पा, चाय ले जा, ठंडी हो रही है...।"

वो मुँडेर से झाँकती है तो कोई नहीं दीखता। कभी उसे ऐसा लगता कि उसने किसी के कानों में कुछ कहा। सुनने वाला उसकी बातें सुनता और हँसता रहता इतना कि दीवारों में चटक आ जाए और फिर उसके कान के पास आकर कहता—

"कहाँ ओक बैरल की मैच्योर वाइन और कहाँ इस घर की चाय!"

और जब उसकी आँख खुलती तो न ही दीवारें चटकी होतीं और न सुनने वाला ही वहाँ होता।

"ये कहानियाँ पूरी नहीं हैं। कहाँ है इनके आगे की कहानी, पूरी कहानी?" डॉक्टर ने पूछा।

"क्या ज़रूरी है किसी कहानी का पूरा होना, पूरा पढ़ना?, इतना ही सच

समझ लो जितना बताया जा रहा हो। आधे-पूरे के फ़साद में क्या पड़ना? बीच धारे खड़े होकर देखो ठीक बीचोबीच, न इंच भर इधर न इंच भर उधर। जहाँ से दोनों किनारे बराबर दूरी पर हों।

"उससे क्या होगा, कुमुद?"

"उससे यह होगा डॉक्टर कि जाने वाला जिस किनारे जाना चाहे, उधर जा सकता है। उस पर किसी एक के नज़दीक होने का आरोप भी नहीं लगेगा, और वो जाकर उस किनारे पर खड़े किसी इनसान से बोल भी सकता है कि "देखो, मैंने तमाम मौक़े, मार्के, आरइशें छोड़कर तुम्हें चुना है। बिना बीच में गए चुनाव का जोखिम तो बना ही रहता है। आदमी जिस भी किनारे के नज़दीक होगा, उसे छोड़ हमेशा दूसरे किनारे के आकर्षण में फँसा रहेगा, भले से ही वो किनारा शुष्क हो, रेतीला हो या दलदली ही क्यों न हो? ये मेरा अपना...।" कहते-कहते वह चुप हो गई।

"ये तुम्हारा अपना अनुभव है। है न चम्पा??"

वह चौंकी...चौंककर डॉक्टर को देखा और अपनी चुप के खोल में खो गई। डॉक्टर ने आगे बढ़कर उसकी पतली हथेली अपनी दोनों हथेलियों के बीच भर ली। उसने देखा कि डॉक्टर के नाखून बरसात के बाद उगने वाले गहरे हरे रंग की रंगत में रँगे हुए थे। उन हथेलियों का बन्धन यूँ तो बहुत कड़ा नहीं था, पर फिर भी उसने अपना हाथ नहीं छुड़ाया। देर तक यूँ ही रहने के बाद उसने अपना हाथ खींचा और कहा...

"यह मेरा रास्ता नहीं...मेरा रास्ता कौन-सा है, ये भी नहीं मालूम।"

"रास्ते बनाए भी जाते हैं। एक ही जगह खड़ा कैसे रहा जा सकता है, चम्पा?"

"चम्पा...मैंने आपसे पहले भी कहा था कि नामों के हेर-फेर में क्या पड़ना?"

"मैं जानती हूँ यह तुम्हारा असल नाम है और ये जितनी कहानियाँ तुमने लिखी हैं, ये भी तुम्हारे सब-कॉन्शियस में दबी तुम्हारी ही आवाज़ें हैं जो वहाँ से

निकलना चाहती थीं। जो चाहती थीं कि कोई तुम्हें तलाशे, तुम किसी को ढूँढ़ो, किसी को वहाँ अपने पास पाओ जिसका साथ पाकर बाहर निकला जा सके। अब जब तुम बाहर आ गई हो वहाँ से, तो तुमको हम लोगों के साथ कोऑपरेट करना चाहिए जिससे इस ट्रॉमा से एकदम उबर पाओ। पर तुम जितना ज़्यादा चुप रहोगी, उतनी ही देर होगी इस जाल को काटने में। तुम्हारी रेस्क्यू टीम ने भी कहा था कि तुमने कभी भी कोऑपरेट नहीं किया उनके साथ। अपने पास्ट से रिलेटेड कोई भी बात नहीं बताई, ऐसा कोई भी डिटेल नहीं दिया जिससे उन्हें हेल्प करने में आसानी होती। क्या कभी कोई प्यार, अफ़ेयर या कोई ऐसा रिलेशनशिप हो जो खटकता हो, सालता हो तुम्हें, जिसके बारे में तुम बात करना चाहो? क्या तुम अपने किसी रिलेशनशिप की वजह से वहाँ जा पहुँची थीं?"

"यातनाओं की डिटेलिंग कैसे की जा सकती है, डॉक्टर? और हम प्यार के मामले में बड़े ख़ब्ती रहे हैं। जिन्होंने प्यार दिया हमें, उन्हें हमने दिल से निकाल फेंका और बाक़ियों ने हमें इस क़ाबिल ही नहीं समझा कि प्यार किया जाए। प्यार में सबसे जल्दी ख़र्च होने वाली चीज़ प्यार ही है। भला चाक़ू की उलटी सुस्त धार से कुछ नपा-तुला सधा हुआ कट सकता है? उँगलियों में रेंगने वाला बर्निंग सेंसेशन ज़रूरी नहीं कि प्यार का असर हो, उन्स हो। यह किसी बीमारी का पैग़ाम भी हो सकता है। क्या आपको नहीं लगता डॉक्टर कि मैं बीमार हूँ...? वैसे मुझे यह अन्देशा ही सटीक लगता है। आपको पता है? प्यार दिमाग़ में ठुकी हुई कुछ उलटी नालों की वजह से उपजी हुई गड़बड़ है...चाकू की धार सीधी और पैनी होनी चाहिए वरना सही तौर पर कुछ नहीं काटा जा सकता...हकलाहट का कोई सम्बन्ध हलक़ या तालू की बनावट से नहीं। ये भी दिमाग़ में ग़लत तौर से ठुकी नाल के कारण है। कँटीली चम्पा के बारे में कोई जानता है, किसी ने सुना है इसके बारे में...? सिर्फ़ इसी पर हरे रंग के फूल खिलते हैं, ये मेरे सपनों का फूल है हरे रंग का, पर मिलता ही नहीं। उँगलियों की जलन के लिए किसी डॉक्टर की राय लेनी चाहिए। उन्स या लगाव ऐसे गर्म नहीं होते। अगर कहीं हरे फूल मिलें तो ख़रीद लेना, डॉक्टर। और रही बात,

तो आपकी रेस्क्यू टीम को क्या कहती उनके सवालों पर...कितने महीनों तक रेप होता रहा? कहाँ-कहाँ उठाया-बिठाया गया? क्या मुझे इस्तेमाल करने वाले अंडर-ऐज थे? क्या मेरे हमउम्र थे? बड़े थे? बूढ़े थे...सिंगल क्लाइंट आता था या कई लोग??? इन बातों के जवाब दिए जाते हैं कहीं? नीचता को कहाँ तक खींचा जा सकता है आपकी टीम को ख़ूब पता है।"

बीच बात में अचानक उसने पेट के पास से कपड़ा हटाकर डॉक्टर को दिखाया—

"ये निशान देखो...मुझे कोई आइडिया नहीं कितना टाइम हुआ होगा, कितने दिन चढ़े, ये भी नहीं पता था कि किससे था? बस एक शाम किसी कम्पाउंडर या दाई से...आगे तो आप जानती ही हो क्या हुआ होगा? क्या होता है ऐसी जगहों पर?"

डॉक्टर ने उसे देखा, लगा कि पर्दा सरक रहा है...पर वह बात करते-करते फिर उसी चुप की ज़मीन पर उतर आई जहाँ अक्सर उसे सहज महसूस होता था।

"मुझे यहाँ से कब तक भेजा जा सकता है?" उसने प्रश्न किया।

"जल्दी ही...कोशिश की जा रही है। एक बार एन.जी.ओ. से पता चल जाए कि तुम्हारे लिए क्या अरेंजमेंट्स होंगे उसके तुरन्त बाद ही प्रॉसेस शुरू कर देंगे।" डॉक्टर ने उसे जवाब दिया।

5

'कुमुद,

कैसी हो? सेटल हो गईं? नई जगह कैसी लग रही है? यूँ तो ऑफ़िशियली हमको पता है कि वहाँ तुम्हारा कैसा अरेंजमेंट किया है, पर तुम भी अगर अपनी तरफ़ मुझे कुछ लिखकर भेज दोगी तो मुझे फ़ाइल करने में आसानी होगी।

तुम्हारी डॉक्टर'

'प्यारी कुमुद,

तुमने अभी तक किसी भी लैटर का रिप्लाय नहीं दिया। जल्दी जवाब नहीं भेजोगी तो मुझे एक जनरल-सी रिपोर्ट बनाकर तुम्हारी फ़ाइल के साथ अटैच करनी पड़ेगी। तुमसे मुझे रिपोर्ट्स के अलावा अपनी बात का भी स्पैसिफ़िक जवाब चाहिए। जवाब के इन्तज़ार में।

तुम्हारी डॉक्टर'

'डिअर कुमुद,

कितनी बार मन किया कि तुम्हें 'चम्पा' कहकर एड्रेस करूँ। कुमुद की जगह तुम्हारा असली नाम लिखूँ चिट्ठी में। कितना प्यारा नाम तो है। कितने ही लेटर्स तुमको लिखे, पर तुमने किसी का जवाब नहीं दिया अभी तक। तुम्हारा मन नहीं लग रहा हो वहाँ तो मुझे कहो और यहाँ आ जाओ। मैं पर्सनल लेवल पर कुछ देख लूँगी तुम्हारे लिए। मुझे तुम्हारे जाने से बहुत ख़ाली-सा लगने लगा है। तुम एक बार अगर कहो तो मैं वहाँ आ सकती हूँ। मुझे नैनीताल में सेटल होने में कोई वक़्त भी नहीं लगेगा। एक छोटा सेट-अप तो खड़ा कर ही सकती हूँ मैं वहाँ हम दोनों के लिए। जवाब देना।

तुम्हारी
डॉक्टर मिनी'

वह सामने पड़ी चिट्ठियों को देखती रही। कितने महीनों से डॉक्टर उसे लगातार चिट्ठियाँ भेज रही हैं एक मूक आमंत्रण के साथ। उसने उलट-पुलट कर दुबारा उन चिट्ठियों को देखा। फिर सामने रखी एक कॉपी में से काग़ज़ फाड़ा और लिखने बैठ गई।

'डॉक्टर,

कैसी हैं आप?

देरी से लिखने के लिए अगर माफ़ी माँगी जाती है तो इस चिट्ठी को माफ़ी की चिट्ठी ही समझिए। आपने बार-बार मेरे यहाँ के इन्तज़ामात के बारे में पूछा पर, मैंने जानबूझकर ही नहीं बताया। सोचा कि आप रिपोर्ट में जो भी लिखेंगी, सही ही होगा। मुझे अच्छा लग रहा है यहाँ। एन.जी.ओ. की तरफ़ से एक फ़ैक्ट्री में काम मिल गया है। अक्सर रात की ड्यूटी लगती है...पर अब रात में आने-जाने से बहुत डर नहीं लगता। बहुत बार ऐसा होता है कि मैं वहीं से सीधे झील की तरफ़ चली जाती हूँ। यह जगह इतनी बड़ी है कि कहीं से भी मुझे इसका ओर-छोर नज़र नहीं आता। जब कभी थोड़ा उदास होती हूँ तो उस पानी में बार-बार झाँककर देख लेती हूँ कि कहीं से तो मुझे इसका तल नज़र आए। अब तो नहीं, पर शुरू-शुरू में मैंने कई बार ईश्वर से पूछा कि यह कैसी जगह है, जिसका कोई तल ही नहीं? पर तब मैं शायद यह भूली हुई थी कि हर अतल की गहराई में एक तल छुपा होता है, जिसे छूने-देखने के लिए मन में उतरना पड़ता है। इस यात्रा में नीचे जाने पर सुख भाप की तरह उड़ जाता है और दुःख का दाब दुगना और कई बार तो असीमित, अपरिमित हो जाता है। अन्दर की चारों दिशाओं में एक दिशा हमेशा रूखी, रेतीली और बंजर रहती है। असल में यही दिशा मन है और इसे घेरे हुए बाक़ी तीनों दिशाएँ रेत में पानी का भरम। इन दिशाओं को कभी देखा ही नहीं, छूना तो बहुत दूर की बात है। आप मुझे जिस रास्ते पर चलने के लिए बुला रही हैं, वह इन्हीं तीन दिशाओं में से एक है और इस भरम पर मुझे चलना नहीं, क्योंकि यह मेरा रास्ता ही नहीं है। और जो भी ऐसे किसी रास्ते पर चलना चाहता होगा, किसी गहराई के तल को छूना चाहता होगा तो उसे अपना मन ख़ाली करना होगा जो जानता हो कि मन ख़ाली किए बिना कोई नमी उसमें टिक ही नहीं सकती। और ऐसा करना मेरे लिए मुमकिन नहीं है। आपने एक बार पूछा था कि घर चली जाओ, लोग वापस लौटना चाहते ही हैं। ख़ाली लोगों के चाहने से क्या होता है? घर भी तो चाहे कि कभी कोई वापस लौटकर आए। मेरे घर ने मुझे वापस आने से मना कर दिया था। रही होगी कोई परेशानी कि अपने ही बच्चे पर दरवाज़ा बन्द रखना पड़ा हो। आपकी

रेस्क्यू टीम की हेड को चिट्ठी लिखकर मना कर दिया था वापस भेजने के लिए। लिख रही हूँ तो यह भी बता दूँ आपको कि प्यार, अफ़ेयर का किसे क्या मालूम, पर हाँ, कभी-कभी भटक तो जाते ही हैं लोग। कुछ लोग आज़ादियों की चाह लिये कभी भटकते-भटकते कहीं दूर निकल जाते हैं तो उन्हें रेस्क्यू किया जाता है। कुछ लोग अपने अतीत से सीखते तो हैं, पर रुककर बैठ नहीं जाते। वे मौक़ा देखकर फिर दुबारा कहीं ऐसी जगह भटकने के लिए निकल पड़ते हैं जहाँ से उन्हें खींचकर फिर वापस न लाया जा सके।

रही बात आपकी, तो आप डॉक्टर हैं। जहाँ चाहें, जिस शहर में चाहें जाकर काम करें, फ़्री हैं आप। मैं ठीक हूँ यहाँ और यूँ भी अब यहाँ से लौटकर किधर जाएँगे! लौटने वाले दरवाज़े तो बहुत पहले ही पीठ पर फिर गए। लिखते-लिखते देखो कितनी बातें लिख डालीं मैंने। मुझे तो शर्म आ रही है कि कभी आपका नाम जानने की कोशिश ही नहीं की। ख़ैर, फिर वही बात कहनी होगी मुझे कि नाम में क्या है? हर नाम ख़ासा बढ़िया है भई...मिनी हो या डॉक्टर, चम्पा हो या कुमुद। एक रिक्वेस्ट है आपसे कि अब आगे से कोई चिट्ठी-विट्ठी न लिखिए मुझे।

चम्पा।'

सुनिए द्वारिकाधीश! ये शोक है...

1

गवाक्ष के दोनों ओर इकत्तीस-इकत्तीस दीपवाले दीपदान जल रहे थे, पर मुझे ही जाने किस कारण हर ओर अन्धकार दीखता था। यह इतना बड़ा राज्य, इतना विशाल कि इन्द्र का राज्य गौण हो जाए। महाराज युधिष्ठिर के छत्र तले यह विशाल राज्य फल-फूल रहा है। चातक, चकोर, मयूर, गौरैया, नीलकंठ, राजहंस, हुत्काह, धनेश, मैना—जाने कितने-कितने ही पक्षी युद्ध के बाद यहाँ लाकर बसाए गए हैं, पर मुझे हर दिशा में गिद्ध ही गिद्ध किस कारण उड़ते दीखते हैं।

मैंने आँखें उठाकर गवाक्ष के बाहर देखा, अन्धकार हर दिशा में फैला पड़ा था। किसने डाला है यह अन्धकार का आवरण???...इन्द्राणी शची ने? पर क्यों? किस लाज के कारण? अमरावती को क्या दु:ख जो उसे अन्धकार का वितान तानना पड़े? यह वही अमरावती थी, जिसके समान बनने के लिए राम की अयोध्या ने भी परिश्रम किया था, तब जाकर साकेत कहलाई थी। यह इन्द्र की वही अमरावती थी, जिसने सीता के भूमि गमन के बाद भी शोक नहीं मनाया, पर अब यह आवरण क्यों? अब किसलिए शोकाकुल है स्वर्ग? क्या युधिष्ठिर के सौभाग्य से ईर्ष्या है? इस सौभाग्य में तो अर्जुन का भी योगदान है। अर्जुन तो मानस-पुत्र हैं इन्द्र के। फिर उनके सौभाग्य से क्यों शोकाकुल है अमरावती?

नहीं! यह लज्जा का आवरण है। किसकी लज्जा से दुखी हैं शची? मेरी? पर अब तो युद्ध को ही कितने वर्ष बीत गए जैसे कि युग। एक-एक करके दीपदान के सब दीप बुझ चुके थे। अब अन्दर-बाहर चहुँओर बस अन्धकार था।

"जिसके अन्तस् में तेज, हृदय में अग्नि है उसे भय कैसा? उसका जीवन तो प्रकाशमान है सदा।" मेरे अन्तस् में तो वर्षों से अन्धकार पसरा पड़ा है। उसका क्या?

"कृष्णा, तुम्हारा अन्धकार स्वयं मेरा अन्धकार है।" यह किसने इस एकान्त में पुकारा मुझे?

"माधव, ये तुम ही हो न। मन से बार-बार तुम्हारा ही नाम निकलता है।"

"मेरे सब लक्ष्य-अलक्ष्य, प्राप्ति-अप्राप्ति, मान-अपमान, राग-विराग, दुःख-दैन्य, सुख-स्वप्न, जन्म-मरण—सब तुमसे ही तो निर्दिष्ट हैं, माधव। तुम्हारे धर्म के लिए मुझे यज्ञ से जन्म लेकर समराग्नि में स्वयं को होम करना पड़ा। मेरा जन्म हुआ गोविन्द तुम्हारे लिए, पर तुमने साधना की महत्ता के लिए मुझे वाग्दत्ता बनाकर पांडवों को सौंप दिया। तुम दुःख के समय, दैन्य के समय रथ की रास साधते हो तो पार्थसारथी बन जाते हो, 'गीता' का ज्ञान देते हो तो गीतेश बन जाते हो। मेरे लिए क्या बने तुम? ज़रा जीवन की पुनरावृत्ति करके इस प्रश्न का उत्तर तो खोज लूँ मैं, योगेश।"

2

"अनिर्वचनीय सुख के साथ अनिर्वचनीय दुःख भी आता है, कृष्णा। तभी सुख को बाँटने की रीत बनी है ताकि कोई दुःख का भागी न बने। जानती हो, गुरुजन जन्म का सुख सबसे बाँटते हैं क्योंकि शिशु सुख-दुःख दोनों की ही परिधि से अपरिचित होता है।" यह तुम्हीं ने तो कहा था माधव, पर मेरा क्या? जिसने अपने जन्म का सुख जाग्रत ही देखा-भोगा था।

धधकता कुंड था मेरे चारों ओर, पर मेरा रोम-रोम मानो हिमाच्छादित था। मेरे पाँव की झलक देखकर ही ऋषि याज बोल उठे थे।

"कृष्ण के वर्ण का साम्य है इसमें, सो ये कृष्णा कहलाएगी।"

कृष्ण, कृष्ण, कृष्ण कैसा अद्‌भुत रस था इस शब्द में और मैंने तो अभी इसे जी भर पुकारा भी नहीं था कि कुंड में से कोई बोल उठा।

"इस घर में जन्म मात्र प्रतिशोध के लिए होते हैं। तुमने भी इस घर में जन्म लिया है, सो तुम्हारा जीवन सुख का नहीं प्रतिशोध का जीवन है, अग्निरसा।"

"मैंने तो जन्म से पहले ही स्वयं को तुम्हें सौंप दिया था। यह था मेरा अनिर्वचनीय सुख, पर तुम्हें सौंपने के बाद भी यह जीवन प्रतिशोध का रहा। क्या यह दुःख था, माधव?"

दुःख तुमने कहा इससे भी बड़ा है। तुमने कहा कि अन्तर में छुपी तुम्हारी छाया को निकालकर अर्जुन की छाया रख लूँ; और 'कृष्ण-कृष्ण' की जगह 'पार्थ-पार्थ' रटूँ।

"जिसके मन तुम माधव उसके मन कौन समाए?"

"तुम अर्जुन में ही मुझे पा जाओगी। उसके केन्द्र, परिधि और जीवन का मूल मैं ही हूँ।"

"वचन।"

"वचन कल्याणी।"

"यह क्या कह दिया? जानते नहीं, पार्वती के अन्य किसी और को कल्याणी नहीं कहते।"

"अब से तुम्हें भी कहेंगे।"

"क्यों?"

"क्योंकि तुम समय की सबसे प्रस्तर पाँच प्रतिमाओं का मेरुदंड हो। क्योंकि तुम जीवन और मृत्यु के दो अद्‌भुत धनु गांडीव और कालपृष्ठ की प्रत्यंचा हो।"

"मेरुदंड झुक भी जाते हैं और प्रत्यंचाएँ टूट भी जाती हैं, गोविन्द।"

"तो निश्चित रहो, यह मेरुदंड कष्ट तो सह लेगा, पर झुकेगा नहीं। ये

प्रत्यंचा काँप-काँप भले ही जाए, पर टूटेगी नहीं। तुम तो यज्ञ से जन्मे ही बड़े उद्‌देश्य के लिए हो।"

"यज्ञ तो धृष्टद्युम्न के लिए हुआ था। फिर मेरा जन्म क्यों?"

"अग्निरस हैं द्रोण और अग्नि की ज्या से ही मारे जा सकते हैं, वो अग्नि तुम ही हो।"

"धृष्टद्युम्न??"

"निमित्त चाहे जो भी बने।"

"मैं अनिच्छा से डाली गई समिधा से जन्मी हूँ, यशोदानन्दन। पता है न? अनिच्छा से डाली समिधा फल नहीं देती वरन् याजी को जला देती है।"

"हम सब इस जीवन यज्ञ में समिधा ही तो हैं, कल्याणी। अपने-अपने हिस्से का जलना तो निश्चित है—मेरा भी और तुम्हारा भी। बिना जले कहीं भी, कोई भी लांछन से निकला है कभी? अच्छा, हाथ आगे लाओ। मैं कुछ लाया हूँ तुम्हारे लिए।"

मैंने हाथ बढ़ाया तो मेरी खुली हथेली पर पाँच हरे पुष्प रख दिए।

"ये तो पारिजात से भी अद्‌भुत हैं, गोविन्द।"

"ये पारिजात से भी श्रेष्ठ हैं। कभी सूखेंगे नहीं। ये अधीरता को वश में करना सिखाएँगे तुम्हें, धैर्य सिखाएँगे तुम्हें। धैर्य यूँ भी तुम्हारे लिए बहुत आवश्यक है। जीवन के प्रतीक्षा पथ पर एक धैर्य ही तुम्हारा साथी रहेगा।"

"पर क्या पुष्प हैं ये, जिन्हें देख आँखें जुड़ी जा रहीं, गोविन्द?"

"ये हरित चम्पक के फूल हैं। ये पाँच के महत्त्व को समझने में तुम्हारी सहायता करेंगे कल्याणी।"

कृष्ण लौट गए। मेरे सिर के ऊपर एक वितान तानकर वापस लौट गए, जिसके नीचे मेरे साथ खड़ी थीं चिन्ताएँ, भय, अकुलाहट, अधीरता और अर्जुन की छवि।

3

पिता के यहाँ जितने भी सुख मिले मुझे, उनमें सबसे बड़ा सुख नितम्बिनी का संग था। एक ही अग्नि के उदर से जन्मे थे मैं और धृष्टद्युम्न, पर स्नेह, सम्मान के बाद भी अपने इस सहोदर से एक दूरी थी मेरी। राजकुमार शिखंडी उन्हें जब-जब देखती तो लगता, वह भीतर ही भीतर किसी यज्ञ की आहुति पाल रहे हैं। बन्धु-बांधवों के इस इतने विराट् गृह में मेरे मन के जो समीप था, तो वह नितम्बिनी थी। वह मित्र थी, स्वप्न-अभिलाषाओं की साक्षी थी। मेरे जीवन के दो अलभ्य पुरुषों को उसने कितनी सरलता से मेरे भीतर पैठा दिया था, पहले कृष्ण को और बाद में अर्जुन को।

वह जब कृष्ण के रास की कथा सुनाती तो लगता कि दूर कदम्ब के नीचे खड़ी होकर मैं राधा-कृष्ण को देख रही हूँ। वो जब-जब बताती कि कैसे रणछोड़ जरासंध के भय से मथुरा छोड़ द्वारिका चले गए तो लगता कि कृष्ण के पीछे-पीछे मथुरा की कुंज गलियों में मैं भी चल रही हूँ। पर कृष्ण ही तो चाहते थे कि अब मैं साँस-साँस अर्जुन का नाम रटूँ। सो, जब-जब नितम्बिनी सुनाती कि द्रोण पूछ रहे कि बताओ अर्जुन, क्या दिख रहा? और जब अर्जुन कहते कि चिड़िया की आँख तब अदृश्य में मेरी आँखें अर्जुन की आँखें देख लेतीं। जब-जब अर्जुन के पिता को बन्दी बनाने की कथा सुनती तब-तब नितम्बिनी मुझसे पूछती।

"अद्भुत हो तुम, कृष्णा। पिता के बन्दी बनने के दृश्य पर भी हँस रही हो?"

"जिसे पिता ने ही अपना लिया हो उसके लिए कैसे सुख अनुभव न करूँ?"

सुख तो बहुत कम है संसार में। कभी पूरी मात्रा में मिलता ही नहीं किसी को। स्वयंवर रचाया जा रहा था। हर ओर आनन्द-उत्सव था। स्वयंवर का हर लक्ष्य अर्जुन के निमित्त था। इस स्वयंवर का लक्ष्य मीन भंजन था या याज्ञसेनी का भाग्य, यह अभी भी छुपा हुआ था। अर्जुन के लिए मीन-भंजन का लक्ष्य निर्धारित करके भी पिता निश्चिन्त नहीं थे। वह जानते थे कि अर्जुन के अन्य कोई भी इस लक्ष्य को भेद नहीं पाएगा। फिर भी वह चिन्तित-व्याकुल थे। मन

की निश्चिन्तता कभी किसी की टिक पाई है, जो राजा द्रुपद की ही टिक पाती? कृष्ण स्वयंवर के समय से पहले ही लौट आए थे। वो सीधे पिता के पास गए, मुझसे मिले भी नहीं। दिन ढलान की ओर खड़ा था, पर कृष्ण कहीं नहीं थे। शंका का शंख बार-बार मेरे मन में गूँज रहा था और इसकी भित्तियों में कम्पन भर रहा था। भय अपनी समूची हिंसा से मुझ पर झपटता और लौट जाता। कृष्ण नहीं आए, आए तो कुमार शिखंडी। आते ही मेरी दोनों हथेलियाँ अपने हाथों में भर लीं।

"कृष्ण एक बुरे समाचार के साथ आए हैं। स्वयंवर समाप्त करने की माँग करो पिता से जाकर।"

"ऐसा क्या समाचार ले आए?"

"वारणावत के लाक्षागृह में कुन्ती सहित पाँचों पांडव जलकर अवसान को प्राप्त हुए। और अब अर्जुन ही नहीं तो कैसा आयोजन?"

"पर आयोजन समाप्त हुआ तो पिता पर लांछन लगेगा।"

"यदि तुम स्वयंवर में गईं तो तुम पर लांछन लगेगा। मन किसी को सौंपने के बाद किसी और को जयमाला डाल सकोगी? काशी की अम्बा का जीवन याद करके देखो याज्ञसेनी। अग्निकुंड ही अन्तिम सत्य रह जाता है अन्त में, जहाँ धधकती अग्नि भी शान्ति नहीं दे पाती।"

"अर्जुन के अतिरिक्त कौन है जो इस लक्ष्य को भेद पाए? स्वयं ही समाप्त हो जाएगा यह आयोजन।"

"कर्ण, अंग के राजा कर्ण भेद देंगे इस लक्ष्य को, कल्याणी। अर्जुन से बड़ा धनुर्धर है ये। काल की पीठ इसका धनुष है, इसीलिए कालपृष्ठ नाम है इसके धनुष का। गांडीव एक बार लक्ष्य चूक सकता है कल्याणी, पर कालपृष्ठ से निकला तीर शिव के अलावा कोई पलट नहीं सकता। है तो श्रेष्ठ, पर है अधिरथी, सूत-पुत्र है। राधेय भी कहा जाता है इसे।" कृष्ण ने कहा, वो जाने कब से वहाँ आकर खड़े थे।

"कोई पथ माधव?"

"पथ सुझा तो दिया। अब चलना या न चलना तुम पर निर्भर।" मुझे उदास देख कृष्ण हँसकर बोले।

"चिन्ता मत करो। ब्राह्मण अभी भी श्रेष्ठ माने जाते हैं। कोई योग्य क्षत्रिय न हो तो ब्राह्मण को वरण करने का प्रचलन है।"

"पर कोई लांछन, माधव? मुझे भय है।"

"अरे! तुम क्या कोई जल हो जिसे शुचिता का भय हो कि किसी के स्पर्श मात्र से मैले हो जाओ? तुम गंगा भी नहीं कि सबका पाप तुम्हें ही वहन करना पड़े। याद रखो कल्याणी, तुम अग्नि हो। अग्नि चाहे चिंगारी में हो, लपट में हो, ज्वाला में हो, रौरव में हो, यज्ञ में हो, चित्त में हो या चिता में हो—उज्ज्वल मानी जाती है। तुम्हें किसी दिन, किसी हाल किसी लांछन का भय नहीं।"

4

आज पीछे, अन्तर के पीछे झाँककर देखती हूँ तो स्वयं को कुरुक्षेत्र के असंख्य फैले हुए शिविरों में से किसी एक में पाती हूँ। दिन ढल रहा है। शंखनाद के बाद कोलाहल थम जाएगा, फिर अगले सूर्योदय की शंखध्वनि तक केवल पीड़ा का स्वर सुनाई देगा। रोगियों की शय्या से उठने वाली कराह, कहीं किसी शिविर में मृत्यु की पदचाप। आह! कितना पीड़ादायी है युद्ध, निश्चित करता है कि वो सब वृक्ष जो कल सुगंध से परिपूर्ण होंगे समूचे ही नष्ट कर दिए जाएँगे। युद्ध केवल समृद्धि का, देह का ही नाश नहीं करते वरन् मन का भी अन्त कर देते हैं। इस युद्ध के बाद कितने बचेंगे जो अपने मृत हृदय का भार उठा पाएँगे? अन्धकार पसर चुका था। लोग अपने-अपने शिविर में वापस लौट आए थे। सामने महाराज युधिष्ठिर का शिविर है। युधिष्ठिर अर्थात् युद्ध में स्थिर पुरुष। क्या इसी दिन के लिए महाराज का नाम युधिष्ठिर रखा गया था? महाराज के शिविर से विष्णु सहस्रनाम की अनुगूँज उठ रही थी। भीष्म ने इन सहस्रनामों का पाठ

किया था और इसे 'अनुशासन पर्व' का नाम दिया था। शान्त चित्त युधिष्ठिर तो इन सहस्त्रनामों से शान्ति पा लेंगे, पर मैं उद्विग्नमना कहाँ जाऊँ? नारायण स्वयं मेरे सखा हैं, फिर भी मुझे धैर्य नहीं।

दसवें दिन का युद्ध भी बीत चुका था। भीष्म अब शरशय्या पर थे और कल का युद्ध कर्ण के नेतृत्व में लड़ा जाना था। उसी कर्ण के नेतृत्व में, जिसे मैंने पिता की सभा में ठुकराया था, जिसने अपने अपमान की डाह में मुझे 'वेश्या' तक कह डाला था। और वह भी यही कर्ण था जिसने मुझे जमुना के अथाह जल में डूबने से उबारा था। कल यही पार्थ के सामने होगा अपने कन्धे पर कालपृष्ठ धरे। रात एकदम निविड़ शान्त थी। रोगी चुप थे। घायल उपचार को ले जाए जा रहे थे। मैंने शिविर के बाहर देखा, दीप बुझने को आ गए थे। पाँव स्वत: ही गंगा तट की ओर उठ गए। ये रणक्षेत्र कितना अपना-सा लग रहा, ठीक मेरे मन जैसा घायल रक्त से सना हुआ। गंगा-पुत्र भीष्म के पाँव की ओर कुमार शिखंडी खड़े थे।

"लौट जाओ अम्बा अब। प्रण पूरे होने के बाद चित्त शान्त कर लेना चाहिए। तुमने अपना भार अब तक सहा और मैं आगे सहूँगा। सबको अपना-अपना शीश, अपना-अपना भार अपने कन्धे पर ही सहना पड़ता है। इसके अतिरिक्त अन्य कोई उपाय नहीं।"

कुमार शिखंडी चुपचाप अपना भार उठाए वापस लौट गए।

"मेरा भार कौन उठाएगा?"

"कौन? द्रौपदी?"

"द्रौपदी तो कब की समाप्त हुई। अब तो आपके पाँयते याज्ञसेनी खड़ी है।"

"तुम कुरुकुल का सूर्य भी हो।"

"ये सूर्य तो उस दिन कुरुसभा में ही ढल गया था।"

"तुम पांडवों की पत्नी भी तो हो।"

"वह साहचर्य तो उसी दिन चुक गया था जब मुझे दाँव पर लगाया था।"

"तुम युधिष्ठिर का धर्म भी हो।"

"यह धर्म जब कीचक ने मेरे कन्धे पर अपना हाथ रखा था, तभी गिर गया था।"

गांगेय शान्त हो गए। वो जानते थे मेरे उद्विग्न मन को कोई थाम नहीं सकता।

"कहाँ गया आपका प्रताप कि सत्य, सत्य, सत्य, त्रिबार सत्य कह दें आप तो उस वचन को कोई भी भंग न कर पाए।"

"वो तो गंगा के अतल जल में डूब गया, कल्याणी।"

"जब शान्तनु पुत्र का ही धैर्य डूब गया हो तो फिर अशक्त, अधीरों को कौन सँभालेगा? कौन मन में उपजे शत्रु का नाश करेगा, कौन पथ दिखाएगा फिर?"

"जाओ कल्याणी, आदित्यहृदय स्त्रोत का जाप करो। अंशुमाली तुम्हारे रोग, शोक, भय, शत्रु—सबका नाश करेंगे। याज्ञसेनी का एक भी शत्रु न जीवित बचेगा। सत्य, सत्य, सत्य, त्रिबार सत्य!, और जब नरोत्तम कृष्ण स्वयं तुम्हारे बन्धु हैं, तुम्हारी बाँह गहे हैं तो शंका का क्या अधिकार मन पर?"

"मेरी शंका का कारण तो कर्ण हैं। सूत-पुत्र, अधिरथी कहकर आपने नौ दिन तो उस पर बन्धन डाल रखा था, पर अब अर्जुन पर शरसंधान से कौन रोकेगा उसे?"

"यह बन्धन तो तुम भी एक बार डाल चुकी हो उस पर। और जब तक द्रोण है तब तक कर्ण भाग तो लेगा, पर युद्ध का संचालन नहीं कर पाएगा। तुम्हारी चिन्ता तो द्रोण हत्या के बाद का विषय है, पर स्वयं विष्णु जिसके सारथी बने हों उसके लिए कैसा भय? नि:शंक जाओ, कल्याणी।"

5

शिविर में लौटकर मुझे बार-बार गांगेय के शब्द सुनाई पड़ते रहे।

"ये बन्धन तो तुम भी एक बार डाल चुकी हो उस पर।"

मन पांचाल की सभा की ओर वापस मुड़ गया। कृष्ण मेरे सीधे हाथ की

ओर समीप ही खड़े हैं। कर्ण सामने चलकर जा रहा है, जहाँ चक्के पर बँधी मीन घूम रही है।

"पल भर में ही ये धनुष उठा लेगा और पल भर में ही स्वयंवर जीत जाएगा। बन्धन डाल दो इस पर, कल्याणी।" कृष्ण ने कहा।

"ठहरिए! अंगराज। आप इस आयोजन के योग्य नहीं।"

कर्ण ने मुझे देखा, आँखों में लपट-सी उठी और उसने पलटकर मुझसे पूछा, "क्यों राजकुमारी?"

"क्योंकि अंगराज स्वयं शिव को पार्वती से विवाह के लिए कुल, गोत्र, रूप धारण करना पड़ा था। शिव से शेखरेन्दु का अवतार लेना पड़ा था। सम्मानित पिताओं की योग्य पुत्रियों के लिए तो ईश्वर तक को कुल-गोत्र का परिचय देना पड़ता है तो आप कौन हैं? पांचाल की कन्या कभी किसी अधिरथी के गले में जयमाला नहीं डालेगी। महर्षि परशुराम ने जब धरा को क्षत्रिय विहीन किया तब भी किसी राज कन्या ने कभी अधिरथी का हाथ नहीं थामा। उन्होंने या तो ब्राह्मण का वरण किया या भिक्षाटन पर जीवन व्यतीत किया। यही नियम मेरे हेतु भी है, अंगराज। किसी क्षत्रिय के अभाव में मैं या तो किसी ब्राह्मण के गले यह माला डालूँगी या जीवन भिक्षाटन पर बिता दूँगी, पर आपके गले को यह माला कभी नहीं छू पाएगी।"

अंशुमाली से चमकते चेहरे पर पल भर ही में मलिनता की छाया चली आई। कर्ण ने अपना उठा हुआ हाथ वापस खींच लिया। धनुष नीचे रख कालपृष्ठ का गौरवशाली स्वामी अपने पिटे हुए गौरव को हाथों में समेटे बाहर निकल गया। मेरे मन में बार-बार पार्वती का ब्रह्मचारणी रूप आ रहा था। क्या अग्निसुता द्रौपदी को जीवन पिता के घर में बिताना पड़ेगा? कृष्ण मेरे और समीप चले आए। जाने कैसे मन की दुविधा पढ़ ली उन्होंने। धीमे-से बोले, "ब्रह्मचारणी बनो या किसी ब्राह्मण की पत्नी, पर तुम्हारे ऊपर गिरिजा का हाथ है सदा, कल्याणी। व्यर्थ ही मन को संशय के पथ पर खड़ा कर रखा है। वो देखो, तुम्हारी त्वरा का भार उठाने वाला आ गया है।"

अपने ही पिता के राज्य में पत्तों से ढके आँगन में खड़ी थी मैं। कृष्ण मेरे सामने खड़े थे।

"देख रहे गोविन्द, इनकी माँ ने मुझे अपने पाँचों बेटों में बाँट दिया। अब बताओ, किस अतल जल के तल में जाकर छुप जाऊँ मैं?"

"कल्याणी, अलंकरिष्णु शिव तो सदा माँगने वालों को अलंकारों से भर देते हैं। तुमने पाँच अलंकार जैसे पति माँगे थे। लो, स्मरहर ने तुम्हारी साध पूरी कर दी।"

"पाँच पति, कौन मानेगा? मेरे पिता ही इन चारों की हत्या कर देंगे। क्यों हत्या का दोष उन्हें देना चाहते? ब्रह्महत्या से तो इन्द्र भी नहीं बच पाए थे।"

"कौन ब्राह्मण? ये पांडव हैं। मृत्यु जिनका भय माने, उन्हें क्या असमय ही छू सकती है? कौन होगा अर्जुन के अतिरिक्त जो यह प्रण भंग कर सके? जाओ! नि:शंक जाओ, कल्याणी।"

6

"मायापति हैं कृष्ण। राजकुमारी, जानती हो, इन्होंने अपनी योगमाया से सतमासे बलराम को रोहिणी में स्थापित कर दिया था और आज अपनी माया से आपको पाँच पतियों में बाँट दिया।" नितम्बिनी ने कहा।

कृष्ण द्वार पर खड़े थे वहीं से बोले, "मात्र मायापति ही नहीं तुम्हारा मित्र भी हूँ, कल्याणी। आज तुम्हारे लिए उपहार लाया हूँ। अपनी माया ही देने आया हूँ तुम्हें।"

"माया?"

मेरे हाथ पकड़कर कृष्ण बोले।

"मैं अपनी योगमाया का एक हिस्सा तुम्हारे भीतर सौंप रहा हूँ। मेरी अनुपस्थिति में जहाँ-जहाँ तुम्हें मार्गदर्शन की आवश्यकता होगी, यह तुम्हारा मार्ग

प्रशस्त करेगी। और हाँ, धैर्य मत छोड़ना। तुमसे असाधारण धीर की अपेक्षा है मुझे, कल्याणी। ऐसे धीर धरना की जैसे शिव ने कंठ में हलाहल रखा है। जीवन तुम्हें जाने कैसे-कैसे विष पीने को दे।"

कितनी बार रात के अन्धकार में मैंने बैठकर सोचा है कि कृत्तिवास ने तो एक ही बार कालकूट पिया था, पर मुझे तो न जाने कितनी बार पीना पड़ा? हर बार मात्रा पहले से अधिक। मृत्यु अचल खड़ी देखती रहती कि जीवन इस बार छटपटाएगा या नहीं? अग्नि से जन्मी याज्ञसेनी जीवन भर अग्नि में ही रही। शिव तो हलाहल पीकर कैलास चले गए। जलाभिषेक की अगणित धाराओं में डूब गए, पर मेरा ताप कौन हरे?

कैसे-कैसे दुःख, दुश्चक्रों, छलना का पथ रहा मेरा जीवन? कौन कहता है समर्पण और प्रेम तुला में समान स्थान रखते हैं? मैंने समर्पण अधिक किया और प्रेम कम पाया।

कृष्ण को तो जन्म से ही सब सौंप दिया था मैंने और सबसे अधिक छलना उन्हीं ने की मेरे साथ। मेरे बाँधे चीर के सात धागे उन्होंने उपकार में लौटा तो दिए पर उस उपकार से उऋण होने के लिए क्या-क्या गँवाना पड़ा था मुझे? समृद्धि के अम्बार पर होने के बाद भी आत्मा तो रिक्त है। इस महल में जब-जब परीक्षित की हँसी सुनती हूँ तो यह रिक्तता जाने क्यों बढ़ जाती है? स्मृति से कितनी-कितनी छायाएँ निकलकर मेरे सामने खड़ी हो जाती हैं। छाया तो छाया है। इनमें न अब रक्त है, न मज्जा, न देह, न आत्मा, पर इनके पास बाहुपाश हैं। ये जब चाहें, जहाँ भी चाहें वहीं आकर मुझे घेर लेते हैं।

दिन हो कि रात हो, आरम्भ या अन्त—मैंने सदा अनगिनत प्रश्नों को सामने पाया। मैंने जब-जब स्वयं को ऐसे पाया तब-तब केवल सामने कृष्ण ही दिखाई दिए जिनके पास जाकर मैं मन रिक्त कर पाऊँ, पर यही कृष्ण बदल गए थे। जो कभी मेरे हर प्रश्न का उत्तर जानते थे। मेरी हर शंका का अन्त कर देते थे, वही मेरे अन्तिम प्रश्न पर मौन थे, यह जानकर भी इन प्रश्नों के बाद वह जीवन भर मेरे किसी प्रश्न को अपने सामने पाएँगे ही नहीं। क्या समय का सुन्दर चेहरा

मेरे इन प्रश्नों की छाया से काला पड़ता होगा या नहीं? मेरा मन इन प्रश्नों के उत्तर के लिए छटपटाता रहा और कृष्ण का इनसे बचने के लिए।

7

"जीवन कितना क्लान्त रहा अब तक भामापति? क्षण भर भी विश्राम नहीं मिला। श्वास भी कभी क्षण भर को रुकी होती रुक्मिणीवल्लभ, तो सुख का स्पर्श कर पाती मैं।"

"क्लान्ति की रात्रि तो अब अपने उतार पर है। भोर का सूर्य अपने सात अश्वों से जुते रथ पर बैठकर पल भर में इस पथ पर आने ही वाला है, द्रौपदी।"

"सूर्य का तेज क्या छोड़ा कर्ण के वध के बाद तुमने, वृन्दापति? हे कंजलोचन! यहीं इस ही रण के ओर-छोर में, दिगंत के मध्य मैंने देखा था कि पृथा की सहस्त्रधाराओं में सबसे बलवती धार को कैसे कीच में बदल दिया था तुमने? सुनो सुमेध, क्या तुमने गर्भ के एक भाग से दूसरे पर, हृदय की एक धमनी से दूसरी पर, वृक्ष की छाया के एक प्रतिबिम्ब से दूसरे पर शरसंधान नहीं कराया?"

"क्या तुम भूल गईं कि ऐसी ही एक निविड़ रात को, इन्हीं मृत योद्धाओं से पटी भूमि के मध्य से चलकर तुम गंगा के किनारे शरशय्या पर लेटे, रक्त से सने, कष्ट में डूबे गांगेय से कर्ण हेतु पूछने गई थीं कि अब अर्जुन पर शरसंधान से कौन रोकेगा उसे? अरे! जब सहोदर भी धर्म के विपक्ष में हो तो धनु पर तीर धरना ही पड़ता है और चलाना भी पड़ता है। यज्ञ विराट हो, धर्म का हो तो कुल की समिधा भी देनी पड़ती है, कल्याणी।"

"सुनो सत्यव्रत, मैंने गांगेय से प्रश्न अर्जुन की पत्नी के अधिकार से पूछा था, पर तुम तो पार्थ और कर्ण, दोनों ही के भ्राता थे तो तुला को डिगने क्यों दिया? इसीलिए मदन अब ये कुल, कुलीन, कुलीनता का भेद न समझाना मुझे।

ये भ्रम, ये छल अब ढक नहीं सकेगा मुझे शंतह।"

"इतनी अशान्ति, ऐसी क्लान्ति, मन को उद्विग्न नहीं होने देते, अर्जुनप्रिया। मेरे समीप बैठो। जल धरो मन भीतर। मैंने तुम्हें एक दिन कहा भी था कि तुम अग्नि हो। अग्नि चाहे चित्त में हो या चिता में हो, उज्ज्वल मानी जाती है। तुम्हारी अग्नि को अब हविष्य की कामना नहीं करनी चाहिए। इस अग्नि को गर्भगृह के दीप जैसा नत रखो। अग्निहोत्र की भावना को पालो। तुमने तो कैसा तप साधा है? सोचो, अपने तप की महत्ता को सोचो, द्रौपदी।"

"तुम सोचो, माधव! अपने अन्तर में झाँको और अनेकों बार सोचो। जब राजाओं के मुकुट गिरते हैं, तब राज सिंहासन गिरते हैं, प्रतिष्ठा गिरती है। योग्य पुरुष बारम्बार उठते हैं। अपना पद, अपनी प्रतिष्ठा फिर पाते हैं, मुकुट माथे धरते हैं, पर जब जूड़े से बँधा चीर गिरता है तब मान के तटबन्ध, जीवन की रसना, ऊर्जा सब स्थानच्युत हो जाते हैं और वापस नहीं उठते।

"सोचो, बार-बार सोचो और देखो कि ये बाल बड़े पीड़ादायक हैं मेरे लिए। इसलिए नहीं कि किसी ने छुआ था इन्हें बल्कि इसलिए कि कल जब सुभद्रा मुझसे पूछेगी कि जीजी, तुम्हारे सफ़ेद पड़ते बालों के लिए मेरे अभिमन्यु को घेरकर मारा गया तो क्या उत्तर दूँ? जब हिडिम्बा पूछेंगी कि तुम्हारे बालों ने बँधने के लिए किस-किस की बलि ली है तो क्या उत्तर दूँ? क्या कहूँ कालिन्दीप्रिय?"

"कल्याणी! तुम्हारे बाल कोई साधारण तो नहीं। ये तो धुरी हैं धरती की। यदि ये न बँधते तो धरती सदा पथभ्रष्ट घूमती ही रहती। ये शेषनाग के फणीबन्ध हैं। जब तक ये न बँधते तब तक उनके ऊपर धरी धरा काँपती ही रहती।"

"बातों का जाल न बिछाओ, राधावल्लभ। तुम्हारा सखा का भाव ही छलना है मेरे लिए। तुम्हीं ने कहा था न मुझसे कि...

"मैं भुवनपति हूँ। सोलह कलाओं से पूर्ण विष्णु का श्यामवर्णी अवतार हूँ मैं। मैं जहाँ संसार का सार वहाँ।

"तो बताओ योगेश कि संसार का सार जब तुम्हारे भीतर था तो अर्जुन को क्यों नहीं रोका? क्यों नहीं कहा कि अर्जुन मैं भुवनपति हूँ। मैं जहाँ जय वहाँ।

संधि के नाम पर, आगत के नाम पर चित्रांगदा और उलूपी से बन्धन क्यों? मैंने माना सुभद्रा के लिए तुम अर्जुन की कामना करते होंगे, पर बाक़ियों के लिए क्यों हामी दी तुमने, केशव।"

"कल्याणी।"

"कल्याणी न बुलाओ। जिस नाम का अर्थ सार्थक न हो, उसे त्यागना ही उचित है। मुझे 'याज्ञसेनी' ही बुलाओ। तुम सच ही में मायापति हो। तुमने अपनी माँ को भी ठगा तो मैं क्या हूँ? सुनो कमलनयन, तुम्हारा सारा प्रेम बस अपनी बुआ के बेटों के लिए है और किसी के लिए इस प्रेम का पासंग भी नहीं।"

"ऐसा नहीं है।"

"ऐसा ही है, गोपाल। घसीटकर सभाओं में लाया जाए हमें और युग प्रणेता तुम्हारे भाई कहलाएँ? जुआ खेलें वो और सन्तान हमें छोड़नी पड़े अपनी? देखो, मेरे ये हाथ देखो। रिक्त हैं दोनों। समय की तलहटी का सूखा कीचड़ लगा है इन पर और कुछ नहीं। मेरा तो सब रीत गया इस युद्ध में। मित्र थे तो एक बार कहते कि इस परिवार के द्वेष को अपने माथे मत आने दो कृष्णा। हे अनन्तजीत, क्या तुम नहीं जानते कि कामना के पुष्प कभी सूखते नहीं? स्मरण है, मेरी इन्हीं हथेलियों पर एक दिन पाँच हरित पुष्प रख गए थे। मैंने इन पुत्रों को उन्हीं चम्पक पुष्पों की तरह, कामना की तरह पाला था। एक बार तो कहते कि युद्ध हुआ तो तुम्हारे बेटे भी इस यज्ञ में होम हो जाएँगे।"

"यह युद्ध तो समय की गाँठ था, कल्याणी।"

"समय की महत्ता न समझाओ, अनिरुद्ध, न यह कहना कि पांचाल की पुत्री का ऐसे बिलखना, शोकाकुल होना शोभनीय नहीं। समय की गाँठ, त्वरा की गाँठ, इनसे भी बड़ी होती है, गर्भ की गाँठ। कहाँ हैं मेरे पुत्र यजुवेन्द्र?... चुप क्यों हो गोविन्द? क्या विशम्भर वसुदेव की छाया पांडवों के लिए ही थी? मैं कुन्ती नहीं मैंने वरदान में नहीं पाए थे ये बेटे, जन्मा था इन्हें। क्या तुम्हारी हथेली की प्राचीर कुन्ती-पुत्रों के लिए थी? आज तुम मुझे शत्रु लग रहे हो।"

"शत्रु! ये क्या कह दिया, कल्याणी?" कृष्ण ने अवाक् हो कहा।

"तुम्हारे पुत्रों में जीवन तो नहीं ला सकता मैं, पर इसके अतिरिक्त ऐसा क्या करूँ कि तुम्हें धीर आए। कोई भी चाहना हो बस मुझे कह भर दो, कल्याणी।"

"यादवेन्द्र! जैसे मेरे मन का घाव अब सदा हरा रहेगा, ऐसा ही घाव उसे भी दे आओ। कौस्तुभ है अश्वत्थामा के माथे पर। जाओ, उसे निकाल लाओ और आजीवन रक्त रिसने के लिए छोड़ आओ उसे।"

"लाता हूँ कल्याणी, प्रतीक्षा करना।" कहकर कृष्ण उठ गए।

"ये अन्तिम विदा है। आप जाइए ज्योतिरादित्य। आगे भेंट नहीं होगी कभी अब। मेरे मन में नेह के जितने भी सम्बोधन थे आपके लिए, वो सब आपको अर्पित कर दिए हैं मैंने। अब आप मात्र द्वारिकाधीश हैं मेरे लिए।"

कृष्ण ने मुझे देखा और चुपचाप बाहर चले गए।

इस शान्ति में गांगेय भीष्म के शब्द मेरे कानों में बार-बार गूँजने लगे।

"जाओ कल्याणी, आदित्यहृदय स्त्रोत का जाप करो। याज्ञसेनी का एक भी शत्रु जीवित नहीं बचेगा।"

आदित्यहृदयं पुण्यं सर्वशत्रुविनाशनम्
यावहम् जपं नित्यमक्षयं परमं शिवम्॥

मेरे मन से जैसे कोई बोला, "सुनिए द्वारिकाधीश! ये शोक है। अब बस एक ही चाहना बची है कि गांधारी का तुम्हें दिया शाप निकट ही फलीभूत हो। मृत्यु पग भर की दूरी से तुम्हारे कुल के आसन्न रहे...आसन्न रहे!!!"

खारे पानी के पुल

यह रात आज कुछ ज़्यादा गरम है या वह चूल्हे के एकदम पास बैठी है, इसलिए उसे गर्मी कुछ ज़्यादा लग रही है, वह समझ नहीं पाई। चूल्हा हालाँकि बुझ चुका था और कंडों की आँच अब गरम राख में बदल चुकी थी। उसने चूल्हे पर से हँडिया उतारकर बेले में दूध उलटा और पैर के पास रखे आलू राख में दबा दिए, सोचा सुबह तक भुन जाएँगे तो पराँठों के काम आ जाएँगे। कल फिर कॉलेज जाकर मंजू मैडम से सिर खपाना है। सेशन बन्द होने को है। जिन बच्चों की अटेंडेंस कम हैं उनके लिए मंजू मैडम ने साफ़ बोल दिया है कि 10 रुपए का नोटरी एफ़िडेविट जमा करेंगे तभी इम्तिहान में बैठ पाएँगे जबकि यूनिवर्सिटी से ऐसा कोई नियम नहीं आया है। आज जब कुछ गार्जियन साफ़-साफ़ मना कर गए तो वो उस पर बिफर गईं।

"क्या मुनेश, तुम मेंटर हो और तुम्हारी क्लास से इतने कम एफ़िडेविट आए हैं?"

एफ़िडेविट न हुए गोल्ड बांड हो गए, जिनके लिए इतनी हाय-तौबा है, उसने सोचा। उसने डरते-डरते फिर भी मंजू मैडम से अपनी छुट्टी के लिए पूछ ही लिया, जिसके लिए वह उनके ऑफ़िस गई थी।

"मैडम, जून में शादी की डेट निकल रही है तो छुट्टियाँ अप्लाई करनी थीं।"

"जून में तो प्रैक्टिकल होंगे। डेट्स आनेवाली होंगी आजकल में?"

"इसीलिए आपसे अप्रूवल माँग रही हूँ।" उसने कहा।

"हम्म!" उन्होंने कुछ सोचते हुए कहा..."जून में तो वैसे भी मैनेजमेंट तुम्हें लॉन्ग लीव्स पर भेजने की सोच रहा है, उसी ड्यूरेशन में निबटा लेना शादी। मैंने तुम्हारे डायरेक्टर को बता तो दिया था कि तुम्हें इन्फॉर्म कर दें। बताया नहीं क्या तुमको अभी तक? अगस्त में ज़रूरत हुई तो इन्फॉर्म करके बुला लेंगे तुम्हें। वैसे भी इस सेशन तुम्हारे डिपार्टमेंट में तीन ही सेमेस्टर रहेंगे न?"

"जी।" इसके अलावा उसके गले से कोई और आवाज़ नहीं निकली।

लॉन्ग लीव्स यानी नौकरी से सीधे-सीधे न निकालकर घुमा-फिराकर कहना। फंड की कमी का बहाना करके दो-तीन महीने आपको बिन तनख़्वाह छुट्टी पर भेज देंगे, और इस बीच अगर यूनिवर्सिटी से कॉपियाँ जाँचने का काम आ जाए तो आपको बुला लेंगे, पर उस दौरान यह कहकर आपकी तनख़्वाह रोक लेंगे कि इस ड्यूरेशन का पैसा तो यूनिवर्सिटी दे रही है, इवैल्यूएशन करने का। तीन-तीन महीने कौन वापसी के आसरे पर बैठता है? स्मार्ट लोग नई नौकरी की जुगाड़ बैठा ही लेते हैं। उसे भी कल किसी-न-किसी को बोलना पड़ेगा कि कहीं कोई वेकेंसी हो नज़र में तो बताए।

बेले में रखे-रखे दूध बिलकुल ठंडा हो गया था। उसने नज़दीक रखे फ़ोन को देखा। ग्यारह बजने को आए, प्रदीप का फ़ोन नहीं आया अब तक। उसने दूध वापस बरोसी में पलटा और बरोसी आलुओं के ऊपर राख पर रख दी। वह उठी, बाहर निकल आई, राख को चिमटे से दुबारा चूल्हे में सरकाया और अपने कमरे की तरफ़ चल दी।

प्रदीप के बाबूजी ने उसे नौकरी में होने के कारण ही चुना था। इंजीनियर लड़के के लिए ऐसी ही लड़की की तलाश थी उन्हें, पर कल को यह नौकरी न रही तो? थकान उसके पोरों से उतरकर आँखों में भरने लगी थी। कल उसे मंजू मैडम को एफ़िडेविट की फ़ाइनल रिपोर्ट देनी है। अब तक तैंतालीस में से वह सत्रह ही इकट्ठे कर पाई थी, उस पर अभी उसे सम्पर्क के लिए भेजने की बात हो रही है, हालाँकि अभी तक इस काम के लिए मेल फ़ैकल्टी ही भेजे जाते रहे हैं, पर इस बार जाने उसे क्यों भेजा जा रहा है? कल की कल सोचेंगे, कहकर

उसने बत्ती बुझा दी। अगली सुबह जब वह कॉलेज पहुँची तो सामने दीवार पर एक आदमक़द शीशा देखकर ठिठक गई।

"यह क्या नया तमाशा है? यह शीशा क्यों लगा हुआ है अब?" मुनेश ने आरती से पूछा।

"तमाशा नहीं मैडम, यह पर्सनैलिटी डेवलपमेंट की क्लासेज़ के लिए है। अब बच्चे पहले इस शीशे में शक्लें देखेंगे, फिर ऊपर जाएँगे क्लास के लिए।" आरती ने कहा।

"इंजीनियरिंग से कोई आएगा क्या क्लासेज़ लेने?" मुनेश ने पूछा।

"अजी उनकी अपनी पतलून टाइट है, वो कहाँ आएँगे यहाँ? तुम्हारी प्यारी मंजू मैडम ने कहा है कि डिपार्टमेंट में से ही कोई लेगा। टाइम टेबल में एक लेक्चर और बढ़ाना होगा।" आरती बोली।

"इस डिपार्टमेंट में कहाँ हैं टीचर? एक इंग्लिश वाला तो फुल टाइम दिया नहीं जा रहा उन लोगों से। पी.डी. क्लासेज़ तो इंग्लिश डिपार्टमेंट वाले कंडक्ट करते हैं। अब यहाँ अपने डिपार्टमेंट में कौन है जो यह सब चोंचलेबाज़ी करे?"

"तुम्हें ही लेनी होंगी ये क्लासेज़। डायरेक्टर सर को फ़ोन आ गया है चेयरमैन का।"

"हट, मुझे फ़ुर्सत ही कहाँ? ऑलरेडी इतना लोड है काम का।" मुनेश बोली।

"तुम्हें ही तो बोले हैं पाँच हज़ार का इन्क्रीमेंट देकर एच.ओ.डी. बनाने को। तुम न पढ़ाओगी तो क्या हम पढ़ाएँगे?" आरती ने हँसते हुए कहा।

"धर लें अपने पइसा, ख़ून चूस लिया इन लोगों ने, यार।" मुनेश ने मुस्कुराकर कहा।

जिस मुहाने पर वह खड़ी थी, वहाँ से सड़क एक सीधी ढलान में नीचे उतरती थी। नीचे, इतनी नीचे कि पाँच-सात मीटर बाद दिखनी ही बन्द हो जाए। वहाँ खड़े होकर उसे ऐसा लगा मानो यह सड़क नहीं, कोई काली नदी हो जो हरहराकर किसी अँधेरे खंदक में गिर रही हो। चिलचिलाती धूप में, इस मई के गर्म लू के

थपेड़े खाते महीने में उसे अगले सेशन के लिए पास के शहरों में सम्पर्क के लिए भेजा था। सम्पर्क यानी अपने कॉलेज के एडमिशन फॉर्म के साथ कुछ झूठी तारीफ़ों और स्कॉलरशिप के खोखले वादों को शहर-दर-शहर किताबों की दुकानों पर छोड़ना। इन फ़ॉर्म्स को रखने के लिए उसे दुकानदारों को झूठा लालच देना था। मसलन, अगर वो एक एडमिशन लाते हैं तो तीन हज़ार, और दो लाने पर सात हज़ार का कमीशन मिलेगा। और भी कुछ इसी तरह के बोगस वादे जो कभी पूरे नहीं होंगे। बैग टाँगे-टाँगे उसके कन्धे दुखने लगे थे। उसने बैग उतार पैरों के पास रखा तो कन्धों पर से किसी भारी मशीन के उतरने-सी राहत पाई। यू.पी. रोडवेज़ की बसें एक तो वैसे भी इतनी खटारा होती हैं कि उनमें बैठकर समय से निकलो तो भी कहीं वक़्त पर पहुँचने की गारंटी नहीं, और यहाँ तो वह घंटे भर से खड़ी है, पर एक भी बस नहीं गुज़री अभी तक। घर पहुँचकर सोऊँगी, उसने सोचा।

अगले दिन जब वह कॉलेज पहुँची तो उसकी मेज़ पर मेमो रखा हुआ था। जाने से पहले जल्दबाज़ी में वो रोज़ाना की अटेंडेंस की एग्ज़ीक्यूटिव रिपोर्ट भेजना भूल गई थी। रिपोर्ट भी क्या, ख़ाली काग़ज़ काले करने का ड्रामा है। हर दूसरे महीने तो मैनेजमेंट नई-नई टीम्स ले आता है, जिनका काम यह पता लगाना होता है कि एजुकेशन का लेवल हर सेमेस्टर घट कैसे जाता है? ये टीम्स दरअसल ज़्यादातर तो जोंक की शक्ल अख़्तियार कर लेती हैं, जिनका सारा ध्येय बस यही होता है कि टीचर्स पढ़ाई छोड़ बाक़ी दोयम दर्जे के कामों में व्यस्त रहें। मसलन, मेन गेट पर खड़े होकर देखना कि कौन-सा स्टूडेंट टाई पहनकर आया है या नहीं? डेली अटेंडेंस रिपोर्ट बनकर पहुँची या नहीं, रिपोर्ट में भी ख़ाली परसेंटेज न लिखी गई हो ग्राफ़ भी दिखाया गया हो। सारे दिन की माथापच्ची, उठा-पटक के बाद वो घर जाने को निकल ही रही थी कि मेन बिल्डिंग का चपरासी सामने खड़ा था।

"मुनेश मैडम, आपको चेयरमैन साब बुला रहे हैं।"

"क्या जयबीर भैया? अब इस वक़्त, सवा पाँच तो बज गए। मुझे बहुत

ज़रूरी काम से जाना है कहीं। जाकर कह दो कि डिपार्टमेंट में थीं नहीं, घर चली गईं।"

"मंजू मैडम भी वहीं हैं। आपके डायरेक्टर को फ़ोन करके पूछ चुकी हैं।"

"ठीक है, चलो आते हैं।" उसने लम्बी साँस छोड़ते हुए कहा।

जब वह चेयरमैन ऑफ़िस में पहुँची तो मंजू मैडम सामने ही बैठी हुई थीं।

"आओ, मुनेश। कैसा रहा तुम्हारा सम्पर्क ट्रिप? कहाँ-कहाँ फ़ॉर्म्स छोड़े?" उन्होंने पूछा।

"जी ठीक रहा, मैम। आगरा, एटा, फ़िरोज़ाबाद, मैनपुरी और इटावा कवर कर आए हैं। कई जगह से तो काफ़ी पॉज़िटिव रेस्पांस लग रहा शॉपकीपर्स का।"

"क्लासेज़ कैसी रहीं आज?"

"जी ठीक थीं, मैम। पूरा स्टाफ़ प्रेज़ेंट था।"

अब तक चुपचाप बैठे चेयरमैन एकदम ही बोल पड़े।

"आपकी शिकायत आई है एकाउंट्स से।"

"मेरी, सर?" उसने ऐसे पूछा जैसे उसकी गर्दन पर किसी ने चाकू रख दिया हो।

"हाँ आपकी! आपने एकाउंट्स से स्टूडेंट्स टूर के लिए तीस हज़ार रिसीव किए थे उसका बिल सबमिट नहीं किया अब तक जबकि आपको उन लोगों ने कई बार इंटीमेट भी किया था।"

"सर, मुझे तो उस टूर पर जाने के लिए मना कर दिया गया था। मंजू मैम ने ही कहा था मुझे कि आप नहीं चाहते हैं कि मैं जाऊँ। मुझे तो कहा गया था कि एग्ज़ाम्स का बहुत काम रहेगा, इसलिए आप चाहते हैं कि मैं उस पेंडिंग काम को सॉर्ट आउट करूँ। इसीलिए मैम के कहने पर मैंने स्टूडेंट्स की टिकट्स की बुकिंग और अपने रिज़र्वेशन के कैंसिलेशन के बाद बचे सारे पैसे और हिसाब डायरेक्टर सर को दे दिया था। सब बिल और बाक़ी चीज़ें उन्हीं के पास होंगी, सर।"

"वो सब मुझे नहीं मालूम। नेक्स्ट वीक से आपकी लॉन्ग लीव्स प्रपोज़्ड

हैं उससे पहले सब हिसाब क्लियर कीजिए वरना आपकी सैलरी होल्ड कर दी जाएगी।"

एक बार को उसके मन में आया कि कुछ कह ही दे, पर उसने चुप रहना ही बेहतर समझा। इस नौकरी ने उसे इतना तो समझा ही दिया है कि प्राइवेट कॉलेज के टीचर्स को ज़ब्त करने की ताक़त कुछ ज़्यादा ही रखनी पड़ती है। पर इन दिनों उसे यह ताक़त बार-बार घटती नज़र आती है। टुच्ची-सी तनख़्वाह के लिए इतना ह्यूमिलियेशन कब तक झेल पाएगी वो, इन दिनों यही सब सोचा करती है।

सबकी सैलरी आ गई, एक उसी की अभी तक ट्रांसफ़र नहीं हुई। सुबह से दो बार एकाउंट्स का भी चक्कर लगा आई वो, पर एकाउंट्स वाला सक्सेना अपनी सीट पर ही नहीं था।

"सारा दिन कैम्पस में हाँडता रहता है, कभी अपनी सीट पर नहीं बैठता। अभी भी जाने कहाँ होगा?" उसने बड़बड़ाते हुए कहा।

शाम को तीसरी बार जाने पर सक्सेना मिला।

"सर, मेरी सैलरी नहीं पहुँची! बाक़ी सबकी तो आ गई। मैं पहले भी आई थी तब आप थे नहीं।" उसने कहा।

"आपकी सैलरी तो होल्ड करा दी है।"

"किसलिए?"

"वो आप मंजू मैडम से पूछिए। हमें तो फ़ोन आया था कि चेयरमैन साब कह रहे हैं कि आपकी सैलरी होल्ड रहेगी।"

"मैम, मेरी सैलरी होल्ड कर दी है एकाउंट्स ने।"

"क्यूँ?"

"सक्सेना सर कह रहे थे कि आपने कहा है।"

"हाँ, भई वो चेयरमैन सर ने बिल देखा था जो तुमने जमा किया था। कोई आठ-नौ सौ का हेर-फेर दिख रहा। इतना पैसा कम है। इस पैसे के अगेंस्ट कोई बिल नहीं है, इसीलिए।"

"मैम, मुझे तो भेजा भी नहीं था। ये पैसा उन लोगों ने लोकल ट्रांसपोर्ट के अगेंस्ट दिखाया है। कौन रिक्शेवाला बिल देता है? इस आठ-नौ सौ के लिए मेरी सैलरी होल्ड करना तो ग़लत है, यह तो तंग करने वाली बात हुई।"

"सही-ग़लत हमें न सिखाओ, मुनेश और कौन तंग कर रहा है? मैंने तो होल्ड कराई नहीं तुम्हारी सैलरी।"

"आप एग्ज़ीक्यूटिव डायरेक्टर हैं। आप कहेंगी तो रिलीज़ हो जाएगी मेरी सैलरी।"

"यह सब मेरे हाथ में नहीं है। इतना ही है तो जाकर चेयरमैन सर से मिलो। मैं कोई हेल्प नहीं कर सकती।" मंजू मैम ने दो टूक कहा।

अगली सुबह जब वो सोकर उठी तो ताऊजी सामने आँगन में बैठे चाय पी रहे थे।

"आप कब आए, ताऊजी?"

"सुबह छह वाली गाड़ी से।"

"इत्ती सुबह की गाड़ी से?"

"सुबह-सुबह चार बजे ही प्रदीप के बाप का फ़ोन आ गया, तो तेरी ताई बोली कि अभी ही चले जाओ।"

पापा जो अभी तक चुप बैठे थे, उसकी ओर मुख़ातिब हुए।

"तुमने कल शाम प्रदीप को ये बोला था कि नौकरी छोड़ रही हो?"

"छोड़ नहीं रही, छोड़ने की सोच रही हूँ, यह कहा था।"

"उसके पापा ने भाई साब को फ़ोन करके इसीलिए भेजा है।"

"अच्छा, अच्छा। तुम शान्त रहो मैं कर रहा न बात?" ताऊ जी बोले।

"तू क्या नौकरी छोड़ना चाह रही है? कित्ती मुश्किल से मिलती हैं आजकल नौकरियाँ? ज़रा ऊँच-नीच में कौन छोड़ता है नौकरी?"

"कौन सी सरकारी नौकरी है, ताऊजी? बड़ी घुटन होती है मुझे वहाँ पर, बड़ा ह्यूमिलियेशन फील होता है। मेरी पिछले महीने की सैलरी भी रोक दी है।"

"क्यों?"

"क्योंकि मैं एक टूर के बिल में कुछ रुपयों के रिक्शे के बिल नहीं सबमिट कर पाई थी और टूर भी ऐसा, जिस पर मुझे भेजा ही नहीं गया था।"

"चल, मैं चलूँ कल तेरे साथ सबको देखूँ।" ताऊजी एकदम ही जोश में आ गए।

"उससे कुछ नहीं होगा। कुछ तो साहिब बावरे और कुछ पी ली भाँग वाला हिसाब है इनका। पूरे कुएँ में ही भाँग पड़ गई है, ताऊ जी। जो-जो भी पी रहा है ये पानी, बौरा रहा है। यूनिवर्सिटी से लेकर कॉलेजेस तक सब ही इस पानी का सेवन कर रहे। यूनिवर्सिटी कहती कि पचहत्तर परसेंट अटेंडेंस होनी चाहिए। कॉलेजेस लेट आने पर बच्चों को भगा देते हैं, गेट्स बन्द कर देते हैं। जिसका पहला लेक्चर छूटा, उसे बाक़ी के लेक्चर्स छोड़ने के लिए बाध्य कर दिया जाता है। उसके बाद शुरू होता है अटेंडेंस, एडमिट कार्ड का खेल, जिसके लिए दस-दस रुपए के नोटरी किए एफ़िडेविट माँगे जाते हैं, यह जानकर भी कि यह नोटरी किया काग़ज़ विधिसम्मत हो जाता है, सरकारी काग़ज़ बन जाता है, पर इन कॉलेजेस में ये चाट खाने के लिए मँगाए जाते हैं। कोई पूछ सकता है मैनेजमेंट से कि किस आधार पर एक लीगल डॉक्यूमेंट मँगाया जा रहा है और उसका फ़ॉलोअप क्या है? स्टाफ़ के नाम टीचर्स की आधी-चौथाई संख्या रखी जाएगी और फिर उसे भी पढ़ाई से इतर क्लेरिकल कामों में उलझा देंगे। पढ़ाने का काम भी वह देंगे जिसमें आप एक्सपर्ट न हों, आपका कोई एक्सपर्टाइज़ न हो। आपका सब्जेक्ट छोड़कर बहत्तर और सब्जेक्ट्स पकड़ा देंगे। कोई ट्रेनिंग नहीं देंगे आपको और फिर इसको बेस बनाकर आपको जज करते हैं। लाइब्रेरी जानबूझकर आधे दिन खोली जाती है ताकि लेट सबमिशन के नाम पर लाइब्रेरी फ़ाइन उगाया जा सके। ऐसे-ऐसे विषय सिलेबस में जोड़ देते हैं, जिनका असल कोर्स से कोसों तक कोई वास्ता नहीं। फिर इन सब्जेक्ट्स में फेल करके साल-साल भर डिग्री रोके रहेंगे और स्टूडेंट का स्टेटस क्लियर नहीं होगा। जानते हैं ताऊजी, ये नेक्सेक्स है पूरा। ऐसे करके ये लोगों को नौकरी के लिए अप्लाई

न कर पाने योग्य बना देते हैं। ऐसा करके ये मार्किट में उतरने वाली मैनपॉवर की संख्या कम दिखा पाते हैं, जिससे बेरोज़गारी का आँकड़ा कम दिखे। यह एजुकेशन सिस्टम ऐसा पुल है जिसके नीचे से खारा पानी बह रहा है। इस सिस्टम के खम्भों में नमक भर चुका है, ये कभी भी भरभराकर गिर जाएँगे। ये कॉलेजेस पीढ़ियों की पीढ़ी एक धक्के से ग़र्क आब कर देंगे। ये सब खारे पानी के पुल हैं।" वो एक साँस में ये सब कह गई।

"इत्ता पढ़ा दिया है जाईसे, इतना बढ़-चढ़कर बोल रही तुम।" अम्मा बोलीं।

"सही तो किया पढ़ाकर मुनेश की माँ, पढ़ाई दिमाग़ खोलती है न कि कुन्द करती है।"

"और शादी भाई साब?"

"अरे नहीं बनेगी बात तो न बने। कोई उमर निकली जा रही है क्या? अक्लमन्द होंगे तो ख़ुद ही समझदारी से काम लेंगे और मूर्ख हुए तो इसका दिमाग़ कुन्द करने को थोड़े ही बियाहना है वहाँ? जहाँ सुबह उठकर ख़ुश मन से तैयार होकर जाने का मन न करे, ऐसी जगह नौकरी करने से वैसे भी पर्सनैलिटी ख़राब हो जाती है। अगर ये नौकरी छोड़ना चाहती है तो उसे ख़ुद देखने दो।"

"तू अगर कल इस्तीफ़ा देगी तो क्या तेरा पैसा मर जाएगा।"

"हाँ।"

"और नोटिस देने के बाद?"

"तो भी जहाँ तक है, निन्यानबे परसेंट।"

"तो ये तनख़्वाह?"

"चैरिटी में गई यह तो ताऊजी अब।" वो हँसकर बोली।

"तो जाकर दे चैरिटी तू भी। अगर तुझे ग्रोथ नहीं नज़र आती तो छोड़ दे।" ताऊजी उसके सिर पर हाथ रखकर बोले।

"मैं थोड़ा और सोने जाऊँ, ताऊजी? आज तो इतवार है।"

"जा, सो ले। और मुनेश की माँ, कोई गम न करियो इस नौकरी का। पढ़े-लिखों को देर-सबेर मिल ही जाती है नौकरी। इसे भी मिलेगी और बेहतर

मिलेगी। और इसकी तनख़्वाह से पहले भी घर अच्छे से चल रहा था तुम्हारा तो ऐसी कोई बड़ी बात नहीं है।"

"जी, भाईसाब।"

कमरे में जाते हुए वो मन-ही-मन इस्तीफ़े में लिखने वाले कारणों की लिस्ट बनाने लगी थी।

हिज्र के दोनों ओर खड़ा है एक पेड़ हरा

1

जाने किन अनदेखे, अदृश्य बंजारों के रेवड़ धूल उड़ाते हुए उसके सामने से ऐसे गुज़रे कि आसमान में धूल का रेला देर तक ठहरा रहा। दिन भर मन्ना को इन्तज़ार था कि शाम तक कुछ बूँदें बरस जाएँ तो धरती की फटी एड़ियों में नमी उतर जाएगी और उसके रूखे मन में भी। धूल ने उसके खुले सिर में उतरकर बालों में अपनी जगह बनानी शुरू कर दी थी। उसने गर्दन घुमाकर देखा, दूर तक शाम की छाँव अपनी सज-धज में शाखों पर सोने के लिए अपना घोंसला डालने लगी थी; एक थरथरी-सी उसके कन्धे पर से फ़िसलकर पैरों के पास जा गिरी। उसने दूध की बाल्टी सरकाई, गाय के घुटने से धोती का फेंटा खोल, ले जाकर खूँटे से बाँध दिया। मन्ना ने नज़र उठाकर आकाश की तरफ़ देखा। भटकते-भटकते अब जाकर भूरे बादल रुके थे। देर की थमी हुई आस पर अब जाकर दो बूँदें बरसी थीं। गाय रँभाई, कुछ बूँदें दूध की बाल्टी में जा गिरीं। उसने छप्पर से हाथ निकाल चुल्लू में बरसते पानी को भरा और मुँह पर मार लिया। चेहरे पर जमी रेत की परत धीरे-धीरे पिघलकर बहने लगी थी। उदास हवाएँ अपने ठिकाने पर लौटने लगी थीं और उसका मन पीछे उसी तरफ़ पलटने लगा था उसी रेखा पर, जहाँ से एक तरफ़ वो आगे बढ़ गया था और वह पीछे लौट

आई थी। घेर से लगकर ही तो था लाल कमरा। घर की चारदीवारी में घुसने से पहले इसी लाल कमरे को पार करना पड़ता था। इस कमरे को हर दो-तीन महीने बाद खोल, इसके फ़र्श को लीपकर फिर इसे वापस बन्द कर दिया जाता था। पहले इसे बीसू की माँ लीपती थीं और अब कई सालों से वह। यह कमरा कभी चौका बना, कभी भंडारघर तो कभी बरसातों में गैया के बँधने की जगह तक बन गया, पर गृहस्थी में जुड़ नहीं पाया। इसी कमरे में बीसू की माँ ने उसे पहली बार देखा था। घी से भरा दिया था बीसू की माँ के हाथ में, जिसके मुहाने पर सोने के पतले तार से बनी नथ थी। बीसू की माँ ने दीये में उसकी छाया देखी और उसने डोकरी के चेहरे का बदलता रंग। उसका हाथ तुरन्त ही उलटे गाल पर चला गया। ठुड्डी से लेकर कान तक एक भूरा निशान था। माई कहा करती थीं कि...

"लहसुनिया खिल गया है। किसी-किसी के पीठ पर, कमर पर खिलता है, तेरे गाल पर निकल आया है लड़की। चिन्ता मत कर। बाज़दफ़े हल्का पड़ जाए।"

हल्का तो क्या पड़ता, दाग़ उलटे धीरे-धीरे गहरा होता गया। साथ-साथ मन्ना के मन पर एक लकीर खींचता गया, जैसे नदिया के तट पर खड़े पेड़ की छाया पानी पर झलक जाए। घर में सब ताइयों-चाचियों की बेटियाँ चौदह-पन्द्रह की उमर तक ब्याहकर चली गईं, बहुओं ने आकर अपने-अपने आँगन, घेर, चौके सँभाल लिये। एक वही रह गई उमर के काँटे पर बँधी घिसटने को। माई को लगने लगा था कि वह भी गाँव की रामदेई बुआ की तरह बिन ब्याही अकेली रह जाएगी और फिर तीस लगते-लगते उन्हीं की तरह मर-खप जाएगी, पर जाने कैसे कहाँ से बीसू का रिश्ता आ टकराया उससे। वह बेचारा भी उसी की तरह उमर लाँघ रहा था। सो भाग्य ने दोनों अकेले खिलाड़ियों को एक ही पाले में डाल दिया।

मन्ना ने जाकर तख़्त पर दूध की बाल्टी रख दी। तख़्त के दूसरे कोने पर बीसू की माँ लेटी-लेटी बारिश को गिरते हुए देख रही थीं।

"आज दूध कम दिया है गैया ने।" उसने कहा।

"बारिस के मारे चढ़ा गई होगी।"

"डोकरी जे बताओ, रोटी क्या बनेगी? संजा को देर से बनाने पर फिर कीरे झरेंगे।"

"जो चाहे वो बना ले। मुझे दो रोटी दूध में मींड कर दे दिओ।" वह बोलीं।

"अच्छा हुआ अबके जल्दी ही उठौवल चूल्हा बना लिया वरना कित्ती दिक़्क़त होती ऐसी लौंद की बरसात में?" मन्ना ने उनसे कहा।

साँझ से झिरझिर बरसते पानी के बाद भी अन्दर कमरों में उमस थी। उजाले पाक की बरसती रातें अँधेरी होकर भी सुहावनी लगती हैं। मन्ना ने लोई खोलकर तख़्त पर लेटी बीसू की माँ को ओढ़ाई और ख़ुद खाट पर लेट अपनी धोती का पल्ला सिर तक खींच लिया। अग़ल-बग़ल लेटी इन औरतों को देखकर कोई नहीं जान सकता कि उनके मन में क्या चल रहा होगा? आँखों में कौन से सपने होंगे?

2

मन्ना का मन चकरी पर बँधा कितने साल पीछे लौट गया था, वह ख़ुद भी नहीं जान पाई। नींद में उसे लगा जैसे चौधरी की ठार वाले मन्दिर से किसी ने आवाज़ लगाई हो। आँखों में एक नक्शा उभरकर सामने खड़ा हो गया था। ठार असल में अमरूद का बग़ीचा थी, इस बग़ीचे में अन्दर को जाने पर बेर के झुरमुटों के पास शिव का मन्दिर था। एक बड़े ऊँचे चबूतरे की चारदीवारी के भीतर घिरा हुआ मन्दिर। कमर तक की ऊँचाई के सफ़ेद फूलों वाले चाँदनी के पौधे, जिनसे चिपककर घिसी ईंटों की आठ सीढ़ियाँ खड़ी थीं। इन्हें फलाँग कर ही मन्दिर के अहाते में जाया जाता था। भीतर ईंटों का बहुत बड़ा आँगन था, जिसके उलटे हाथ पर चार कमरे बने हुए थे और आगे बढ़ने पर छत को जाने

के लिए सीढ़ियाँ। आँगन में सामने एक कुआँ था, जिस पर पीली-सी एक रस्सी से बँधी एक लोहे की बाल्टी रहती थी। उसे याद है, कितनी ही बार उसने चक्के पर बँधी रस्सी को ढील देकर कुएँ में छोड़ा था। सर्र से हवा को काटती बाल्टी झूमती हुई जाती और छप-से पानी की सतह चूम लेती। इसी कुएँ के सामने था चिकने फ़र्श वाला एक बड़ा कमरा, जिसके आधे हिस्से में छोटा चौकोर बरामदा निकाल रखा था, जिसकी छत पर एक पीतल का घंटा टँगा हुआ था। इस बरामदे के बाद कमरे के बाक़ी बचे हिस्से में अँधेरे में डूबा मन्दिर था, जिसके चीकट फ़र्श में बीचोबीच काले पत्थर का शिवलिंग था। उसके चारों ओर पार्वती, कार्तिक और गणेश की सफ़ेद पत्थर से बनी मूर्तियाँ थीं। इस ठंडे फ़र्श पर जेठ की दुपहरों में कई बार मन्ना और हेमलता यूँ ही घंटों पड़े रहते थे। मन्दिर के पीछे मिट्टी से ढकी एक कच्ची सड़क दिखाई देती थी, जिसके दोनों तरफ़ तलैया थी। इस तलैया में आधे साल चौड़े पत्तों वाला एक पौधा खिला रहता था और बाक़ी के आधे साल हरे रंग की काई छाई रहती थी, जिसका बिन्दी सा आकार उसका मन ललचा देता था। मन्ना का मन बार-बार करता कि वह उस गन्दे पानी में हाथ डाल काई की एक हरी बिन्दी निकाल माथे पर लगा ले, पर माई के डर से कभी उसकी हिम्मत ही नहीं पड़ी कि वह तलैया के पानी को छू भी सके।

बीसू के जाने के बाद यूँ भी उसकी नींद कम हो गई थी; पर पिछले कुछ सालों से बची-खुची नींद की जगह आकर जाने कौन-सा इन्तज़ार उसकी आँखों में बैठ गया है? डोकरी के सभी इन्तज़ार तो बीसू के जाने के बाद काले पड़ गए थे, पर उसके इन्तज़ार का रंग कौन-सा है? इन्तज़ार का कोई साफ़ सा रंग नहीं होता। ये मौसम की तरह नहीं कि कभी हरा, कभी धूसर। इन्तज़ार की डाली हरी और पत्ता पीला होता है; और ये पत्ता टूटता नहीं है बल्कि डाली से टँका रहता है। इन्तज़ार की गर्दन में कठपुतलियों की तरह हमेशा दर्द बना रहता है, जिनके कन्धे लगातार उठते-गिरते रहते हैं। इसी तरह इन्तज़ार कभी रात को उसकी आँखों में तो दिन में हाथों में आकर ठहर जाता है। टीस का एक झटका

उसकी गर्दन में उठा और शान्त हो गया। उसे ऐसा लगा कि उसकी याद में से कहीं योगेन्द्र का हाथ निकला, उसे सहलाया और फिर उसी खोह में वापस चला गया। चौके के सहारे खड़े अमरूद के पेड़ से गिरती बूँदों की आवाज़ उसके कानों से टकराती रही फिर अचानक वह आवाज़ गीत गाती हेमलता की आवाज़ में बदल गई।

छोरा मोहे दे तीर-कमान
अटे पर बुलबुल बैठी है...रे छोरा मोहे दे तीर-कमान...।

3

'अटे पर बैठी बुलबुल तो कबकी उड़ गई थी? ख़ाली कमान थामे छोरा धारासार बरसात में उसी अटरिया के नीचे खड़ा था जिस पर सालों पहले बुलबुल बैठी थी और अब जिसका पलस्तर हवा के झोंकों के संग उसके सिर पर गिर रहा था। फिर यह तीर जाने कितने सालों बाद पलटकर बुलबुल को बींध गया?' उसने सोचा।

पुरवा का एक झोंका हड्डी के भीतर तक उसकी हड्डी को झिंझोड़ गया। उसकी खुली पीठ पर जहाँ-तहाँ खटिया की निवाड़ के निशान पड़े हुए थे। उसने सिर के नीचे से सिरहाने की तरह लगाई लोई निकाली, झटककर बदन पर डाली और उनींदी-सी बड़बड़ाई...

"ऐ डोकरी ज़िन्दा हो कि निकल लईं?"

"अभियाल न मर रही।" बीसू की माँ ने जवाब दिया।

दूर मन्दिर से घंटियों की गूँज हवा पर बैठ वहाँ तक चली आई थी। दिन निकलने लगा था, पर अँधेरा अभी भी तना हुआ था।

"डोकरी उठो, साढ़े छह बज गए। मन्दिर के पट खुल गए। गैया सारी

रात खड़ी रही है, गीली ज़मीन पर बैठी ही नहीं। तुम नहाकर मन्दिर को तैयार हो जाओ, तब तक मैं सानी लगाकर चाय चढ़ा दूँगी।" उसने बीसू की माँ से कहा।

वह उठी, सानी लगाई, चूल्हा बरामदे के कोने से बाहर खींचकर सुलगा दिया। सीले कंडों में आँच भभककर बढ़ती और धम्म-से बुझ जाती। हवा में नमी के साथ अब चूल्हे के धुएँ की महक घुल गई थी। उसे एकाएक माई के हाथ की गुड़ डली चाय याद आ गई, जिसमें गुड़ के साथ-साथ कंडों के धुएँ की गन्ध भी मिली रहती थी। मन वापस उसी वक़्त में लौटने को बेचैन हो गया। याद के खड़ंजे पर दौड़ने से मन के तलुए कैसे कट-फट जाते हैं, क्या उसे मालूम नहीं था? मालूम था, ख़ूब मालूम था उसे कि हर बार वापसी पर कैसे जी सालता रहता है। फिर भी ललचाया हुआ जी हुंडेली बछिया-सा खूँटा उखाड़ बार-बार पीछे भागता रहता और आँखों में धूल भर जाती।

"सुना लड़का थोड़ा लँगड़ाकर चलता है, चाची?" हेमलता ने पूछा।

वह चाय का कटोरा हाथ में लिये बैठी रही। उड़ती भाप चेहरे को छू रही थी। वह कुछ कहती, उससे पहले माई बोल बैठीं।

"तुम्हाए बहुत पेट में मरोड़ उठती, हेमा। बिन बात की बात बनाए दे रहीं। कहीं लँगड़ा न है लड़का। सुबह से संझा तक फैक्ट्री में मशीन पर पेंडल मार काँच गलाता है, सो वाई से जरा लहक है। ये न दिख रही तुमको कि हमाई मौड़ी के घर गैया, भैंसें, दूध-दही, फल-फलारी सब है। ऊपर से गुजर-बसर को अपना डेढ़ बीघा खेत है।"

"राँड के पाँव सुहागन लागी है जा बहना मो सी। तुम्हारा यही हिसाब है चाची। डेढ़ टाँग के आदमी के डेढ़ बिलांद खेत में काम कर-कर के एक दिन ये ख़ुद भी डेढ़ टाँग की हो जाएगी।" हेमलता बोली।

"अच्छा, अब चुप करो तुम। चौक पर ले जाकर बिठाओ इसे। तेल चढ़ेगा अभी और फिर हरदी, देर मत करो।" माई ने झुँझलाकर कहा।

बीता हुआ समय कैसे सालों बाद भी आँखों से चलकर यूँ ही गुज़र जाता है? मन्ना बैठे-बैठे यही सब सोचती रहती अगर बीसू की माँ की आवाज़ उसे चेता नहीं देती।

"अरे! कंडा में गिर रही चाय।"

उसने चौंककर चूल्हा देखा। पल्ले से पकड़ चाय का हत्ता नीचे उतारा और चिमटे से राख कुरेद उस पर दूध की हाँड़ी रख दी।

4

गेंदे के फूलों की लाल-पीली चादर खेत में बुझती आँच की लपट-सी दिख रही थी। मन्ना ने देखा, एक पेड़ के सहारे पीठ टिकाए योगेन्दर माली से बात कर रहा था। एक पल को उसे लगा कि वहाँ बीसू ही खड़ा है, जिसने मन्ना को देखा और फिर मुँह फेर लिया। कितनी साफ़ झलक थी उसकी। वह वहीं से वापस मुड़ गई। जाने वह उसे देख पाया या नहीं? जब से बीसू की माँ ने उसे घेर की जगह खेत वाले कमरे में रहने भेज दिया है तब से घर उसके लिए साँय-साँय करता है। एक वक़्त की रोटी देने के बहाने वह रोज़ उससे मिलने आ जाती है, पर आज ऐसे यूँ ही बिना मिले लौट जाएगी तो क्या वह सारी रात इन्तज़ार करेगा? उसे ख़ुद का ही प्रश्न उलझन में डाल गया।

जब वह घर में घुसी तो बीसू की माँ मोरी पर बैठी-बैठी कपड़े धो रही थीं।

"डोकरी, छोड़ दो। सर्दी बैठ जाएगी जो जाड़े-पाले में कपड़े धोओगी। मेरी तबीयत सही नहीं लग रही भियाल घंटे भर में उठकर धो दूँगी।" कहकर वह आँगन से होती हुई चौके की तरफ़ चल दी।

"मिल आई?" बीसू की माँ की आवाज़ उसके कानों में छन्न-से बजकर उसके मन में उतर गई।

मन्ना ने देखा, बल्ब की पीली रौशनी में उनका चेहरा कितना रूखा,

तमतमाया, रंग उड़ा लग रहा था। उसने पलटकर कुछ भी नहीं कहा। इन दिनों उसने एक चुप्पी-सी साध ली थी, जिसे अब कुछ भी कोंच कर नहीं जाता था।

जेठ की लहकती लू से सारा घर गुँथा पड़ा था। चौके के एक कोने में बैठी माई चूल्हा कुरेद रही थीं और बाबू वहीं खड़े हो बेचैन आँखों से आँगन लीपती भगवानदेई जीजी को देख रहे थे। तीन बेटियों में सबसे बड़ी भगवानदेई अपने दोनों बच्चों सहित मायके लौट आई थी। दूसरी महादेई गौने की राह तकती अभी भी उन्हीं के चौका-बासन में उलझी पड़ी थी। सबसे छोटी मानदेई (मन्ना) बिन बियाह के बिरानी हवा-सी साँय-साँय दिन भर घर में घूमती-फिरती उमर लाँघ रही थी। बाबू ने माई से कुछ कहा और माई के चेहरे को हल्की हँसी ने ज़रा देर के लिए उजाले से भर दिया। पिछले कई सालों में जब से भगवानदेई जीजी वापस आई हैं, आज पहली बार माई ज़रा-सा हँसी थीं। उसी रात माई उसे अपने हँसने का कारण बता गई थीं।

"हिरनगाँव से एक सम्बन्ध आया है। बाबू बोल रहे तुम्हाये कि परसों जाकर देख के आएँगे लड़का। एटा वाले भाई साहब ने बताया है। यहीं उसायनी में फैक्ट्री में काम करता है। पर...?"

"पर क्या?" उसने पूछा।

"भाई साहब बता रहे थे कि जरा लहक है लड़के के एक पाँव में। वैसे शक्ल-सूरत अच्छी है और घर-मकान भी ठीक ही है। सब सही रहा तो देवठान पर देखा जाएगा।"

"पाँव में लहक है?"

"मौड़ी, तुम्हाए भी तो चेहरा पर दाग है।"

माई अपनी किसी औलाद पर मौक़ा बे-मौक़ा मार करने से चूकती नहीं थीं, वह इस बात को जानती थी सो चुप रही।

5

समय जिनकी भी गाथाएँ सुनता है, उन्हीं से सबसे ज़्यादा बेईमानी करता है। पेड़ों को पानी देकर अक्सर उन्हीं के माथे सूखा मढ़ देता है। रेगिस्तान के तपते रेत को ठंडा करता है, और ठंडा होते ही सूरज उलीच देता है। मिट्टी के देवता बनाता है फिर उन्हें ताल-पोखर में बहा देता है। माई-बाबू ने उसे पलटकर कभी नहीं देखा। भगवानदेई जीजी के वापस लौटने के बाद माई कभी भी नहीं चाहती होंगी कि वह भी उनके पास वहीं लौट आए। बीसू के होते-हवाते ही वह लोग कभी नहीं झाँके थे। उसके बाद तो रही-सही आस भी छूट गई थी।

"डोकरी, सोच रहा हूँ कि अब काम छोड़ दूँ। पैर से काम बनता नहीं अब।" बीसू ने माँ से कहा।

"घर कैसे चलेगा?"

मन्ना जानती थी कि उन्हें बीसू से ऐसे पूछने में कितनी तकलीफ़ हुई होगी। उसके फ़ैक्ट्री से लौटने के बाद डोकरी घंटों उसके सूजे हुए पैर पर गरम ईंट की सिंकाई करती थीं। घर धीरे-धीरे क़र्ज़ की बेड़ियों में बँधने लगा था और बीसू के कमज़ोर पैर उन्हें झटका मार तोड़ भी नहीं सकते थे।

"घर तो चलेगा ही डोकरी, खेत पर काम करूँगा अब।"

"खेत में काम करने से कित्ता वजन पड़ेगा पैर पर, पता भी है?"

"सब सोच रखा है मैंने। आधा बँटाई पर देंगे खेत और मैं खाद-पानी देखूँगा।" वह बोला।

तवे पर रोटी पचाते-पचाते उसने बीसू को देखा। आज दो बरस की गृहस्थी में पहली बार मन्ना ने उसे मुस्काते हुए देखा था। वह जी भर देख भी नहीं पाई और मुस्कान की लकीर जाने किस आकाश में खो गई। जीवन सम पर आने से पहले ही अपने चक्के से पलट गया। उतरते सावन की एक रात वह सबको छोड़ जाने कहाँ चला गया। तारीख़ उसके भीतर ऐसे उतर गई थी जैसे किसी ने मन पर कील रख हथौड़ा मार दिया हो। बीस अगस्त की रात जब

रेल का हादसा हुआ तो डोकरी ने सबसे कह दिया कि बीसू उसी में चल बसा। वह किसी से कह भी कैसे सकती थीं कि लड़का जोंन-जवान बहू को छोड़ जाने कहाँ निकल गया? उसके बाद न उसके लिए दिन हुए न रात। धीरे-धीरे मन्ना ने बीसू की माँ के जीवन में उसके हिस्से के ख़ाली कोने अपने हाथों में थाम लिए। पिछले पच्चीस सालों से वह कील की तरह ज़िन्दगी के चक्के में लगी-लगी उम्र का लोहा घिसती जा रही थी और यह पहिया कहीं घड़ी भर को रुकता ही नहीं।

बरसों-बरस बाद अब छूटे हुए मायके से कोई आकर उससे टकराया था। हेमलता ने जाने कैसे उसे ढूँढ़ निकाला था? उसकी आँखें बार-बार लौटकर उसी दिन की ओर जा रही थीं, जिस दिन हेमलता उससे मिलने खेत पर आई थी। सत्ताईस साल बाद देख रही थी वह उसे। चेहरा भर के गोल हो गया था और देह पर जरा लुनाई ठहर गई थी। इसके अलावा हेमलता में कुछ भी नहीं बदला था। हेमलता ने उसके हाथ थाम रखे थे। पीहर की बिसराई हुई गर्मी उसके हाथों में उतर रही थी।

"पता है, भगवानदेई जीजी के बेटे की फ़ौज में भर्ती हो गई है। देवठान का बियाह निकला है।" हेमलता ने कहा।

"देवठान के शादी-बियाह अच्छे नहीं बैठते, उस घर में अब तक नहीं समझे वे लोग।"

"तू अब तक नाराज़ है उन लोगों से? पीहर से कहीं मुँह मुड़ता है?"

"पीहर जैसा अब कुछ रहा कहाँ? तू अपनी बता एकदम, वह भी सालों बाद कैसे?" मन्ना ने पूछा।

"एक मदद कर दे, बहना।"

"कैसी मदद?"

"अन्तराम भाई साहब को जानती है न तू?"

"हाँ, जानती हूँ।"

"पिछले साल करू भाई ने गोली मारकर भाईसाहब का क़त्ल कर दिया, फिर

फरार हो गए। अभी कुछ दिन पहले छुपते-छुपाते अपने घर पहुँचे तो अन्तराम भाईसाहब के बड़े लड़के योगेन्द्र को जाने कैसे पता चल गया। तीन गोली सीने में उतार आया लड़का। अब भागा-भागा फिर रहा है। बत्तीस का है न शादी-बियाह हुआ अभी, न घर-बार ही है कुछ। तू अपने यहाँ रख ले कुछ महीने।"

"मेरे यहाँ?"

"हाँ, तेरे यहाँ रहेगा तो बचा रहेगा। मेरे यहाँ या रिश्तेदारी में कहीं और गया तो तुरन्त पकड़ा जाएगा। तुझसे कोई सीधा सम्बन्ध भी नहीं उसका और सालों से तेरा घर से कोई वास्ता ही नहीं रहा।"

"मैं डोकरी से क्या कहूँगी?"

"देख लियो, बहन।" हेमलता ने उसके हाथ थाम लिए।

6

"आओ डोकरी, तेल मल दें तुम्हाये पैरन पर।"

"आज बड़ी चिन्ता हो रही तुम्हें? इतै-उतै मत घुमाओ बात को। सीधे-सीधे कहो।"

"मुझे लाल कमरे की चाबी दे दो। कल मेरे गाँव से भतीजा आएगा। कुछ दिन यहीं रुकेगा तो उसके लिए साफ़-सफ़ाई कर देंगे।"

"पास क्या, दूर क्या मन्ना, तुम्हारे मायके से पिछले पच्चीस सालों में अब तक एक भुस की बुग्गी न आई यहाँ, इनसान तो दूर की बात है।" डोकरी ने आँचल के ठोक में बँधे गुच्छे में से चाबी निकालते हुए कहा, "और ये भतीजा कौन हुआ?"

"हेमलता का भतीजा है। बाप मर गए थे पार साल। काम-धाम का कोई हिल्ला नहीं तो हमहीं बोले थे हेमलता को, चाहे तो यहाँ आकर आध-बँटाई पर खेत देख ले। वाई के काजे आ रहा है।"

वह आया तो उसे ऐसा लगा मानो बीसू ही लौटकर दरवाज़े पर आ खड़ा हुआ हो। बस, बाल थोड़े बड़े थे, देह थोड़ी भरी हुई और सतर थी, पर आँखें वैसी ही जगार की मारी जैसे महीनों से नींद ने उन्हें छुआ तक न हो।

"लाओ, हमें कट्टा दे दो। इसे रख दें कहीं, तब चलकर डोकरी से मिलना।" वह बोली।

मन्ना ने एक लाल अँगोछे में लिपटी थैली उसके हाथ से ली और भुस की कोठरी में जाकर रख आई। वह देखता रहा। कैसी औरत है, जिसके रूखे चौड़े हाथ हथियार को थामते हुए पल भर भी न काँपे।

"तुम्हारे रहने के लिए घेर में बने कमरे को साफ़ कर दिया है। कमरे में सड़क की ओर जो खिड़की है, उसे मत खोलना हफ़्ते-आठ दिन। एक बार थोड़ा घुलमिल जाओ, उसके बाद देखी जाएगी। टाँड़ पर दो बीजने रखे हैं। ज़रूरत पड़े तो उतार लेना। चौमासे में उमस हो जाती है इस कमरे में।"

कुछ दिन के लिए आए मेहमान ने धीरे-धीरे मन्ना के हाथों से बोझ की सारी रस्सियाँ अपने हाथों में थाम लीं और धीमे-से चौमासे की पहली बूँद-सा उसके मन की तपती रेत में रल गया। प्रेम के बीज अँखुआने लगे थे, पर उमर की अलग-अलग देहरियों पर ठिठककर रुक गए थे। वह आवेग में उमर की चारदीवारियों को लाँघ जाना चाहता था और वो लाँघी हुई उमर के मुहाने से वापसी को सकुचा रही थी।

"ये कितने दिन और रहेगा यहाँ?" बीसू की माँ ने पूछा था।

"जब तक रह सकता है, रहने दो डोकरी। देखो, खेत कितना बढ़िया हो गया? आधी-आधी क्यारियाँ बनाकर आलू-शकरकन्द कितना बढ़िया उगा लिया इसने? और गैया भी ब्यानहार है तो कितनी भागदौड़ हो जाएगी?"

"गैया, खेत, घेर, बाज़ार तो पहले भी देख लेती थी तू तो, अब क्या?"

"अब उमर हो रही मेरी, डोकरी।"

"तो फिर उसे खेत वाले कमरे में बोल दे रहने को। रोटी-पानी यहाँ से जाता रहेगा।" बीसू की माँ ने कहा।

मन्ना का जी धक-से धड़ककर रह गया। क्या डोकरी ने सब भाँप लिया? इतना ढका-छुपा कैसे उघड़ गया, उसे समझ ही नहीं आ रहा था।

7

"तुम चलो मेरे साथ।" वह बोला।

"कहाँ?"

"वो देख लिया जाएगा। कुछ-न-कुछ इन्तज़ाम तो हो ही जाएगा। रहने दो डोकरी को इस मकान और खेत के सहारे। कोई-न-कोई देखभाल कर ही लेगा इन चीज़ों के लिए उनकी।"

"ख़ुद तो मारे-मारे छुपे हुए फिर रहे। कल को पुलिस के हत्थे चढ़ गए तो जाने कितने सालों तक जेल में रहना पड़ेगा। और मानो, ये सब भी न हो तो भी चौदह बरस छोटे हो मुझसे। सैंतालिस लग गया मुझे। कुछ सालों में बुढ़ापा भी आ ही जाएगा। तब क्या होगा मेरा?"

वह चुप रहा। क्या कहे, कुछ सूझ ही नहीं रहा था उसे।

"अब जाती हूँ। जाकर सानी-पानी भी देखना है।" मन्ना ने खुले बाल लपेटते हुए कहा।

गैया के रँभाने की आवाज़ उसे दूर से ही सुनाई दे गई थी। वह घेर में पहुँची तो देखा कि डोकरी नाँद में कुट्टी डाल रही थी।

"रुको डोकरी, कुट्टी मत डालो। मैं सानी लगा रही हूँ अभियाल ही।"

बीसू की माँ ने उसे पैनी नज़र से ऊपर से नीचे तक देखा। जाने क्या खोज रही थी वह उसमें?

"ये धोती कैसे चिर गई तुम्हाई?"

"कहाँ?"

"घौटुन के पास।"

मन्ना ने देखा कि घुटने के पास धोती एक तरफ़ से चिर गई थी।

"पार साल ली थी डोकरी ये धोती। पुरानी हो गई है। कोई खोंचा लग गया होगा, सो चिर गई होगी।"

"साल भर पुरानी धोतियाँ ऐसे कहीं नहीं फटतीं जब तक जाँघों का ज़ोर न लगे।"

"जब जानती हो तो पूछती क्यूँ हो डोकरी?" उसने खिसियाकर कहा।

"सुन, मेरी तो खुली बात है। उसके संग जाना है तो जा, तेरी इच्छा, पर फिर इस घेर, मकान, खेत में से धेला भी नहीं मिलेगा। कल को मेरा लड़का लौटकर आया तो उसे क्या दूँगी? ये सब चाहिए तो मेरे संग रह।"

"तुम्हारे लड़के को अगर लौटना होता तो क़र्ज़े में मुँह छुपा भागता ही क्यूँ? वह लौटेगा, जिसके भागने से तुम्हारी उमर पटक के आधी रह गई? और अगर होगा भी तो लौटकर कैसे आएगा? तुम भूल गईं डोकरी, तुम्हीं ने कहा था कि रेलगाड़ी के हादसे में मर गया बीसू। तुम्हीं ने उसकी पहचान की। तुम्हीं ने सरकार से मुआवज़ा लिया। उसी पैसे से क़र्ज़ा चुकाया तुमने। उसी पैसे से इस घेर की चारदीवारी खड़ी की थी। याद रखना ये सब डोकरी।" मन्ना जाने किस हौंक में आकर बोले जा रही थी।

"ये सब मुझे नहीं मालूम। बस, तू उसे जाने को बोल।"

"बोल दूँगी।" कहकर मन्ना लाल कमरे में घुस गई।

बीसू की माँ दिन भर में उससे यह बीसियों बार पूछकर भी नहीं थकी थीं कि "वह कब जा रहा है?"

"डोकरी, कल जाएगा संझा से पहले।" जवाब दे मन्ना ने एक हाथ से हौद में कुट्टी मिलानी शुरू कर दी और दूसरा हाल ही ब्याई गाय के मुँह पर फेरने लगी।

"गुड़ कब देना है गैया को?" उसने पूछा।

"अब दे दो, एक दिन हुआ बियाये। खल भी देना चालू कर दो। परसों

बछिया को ख़ूब नमक की एक रोटी भी देना और बाल्टी भर पानी। ऐसे पानी पीना सीख जाएगी जल्दी।" बीसू की माँ करवट बदलते हुए बोलीं।

इस करवट से उन्हें उसका चेहरा साफ़ दिख रहा था। आधी उमर का धूप में तमतमाया, झुर्रियों वाला, गर्मी से झुलसा हुआ चेहरा जो यूँ तो मुहल्ले की किसी भी अधेड़ औरत जैसा है। फिर भी उसे इसमें क्या दिखा कि वह इधर का ही होकर रह गया?

"इस जेठ की एकादसी को दो घल्लियाँ ले अइयो मंसने को। अबके दो जोड़े दूँगी।"

उसने गर्दन घुमाकर उनकी ओर देखा और वापस गैया की तरफ़ मुड़ गई।

"अबके सावन बीसू को गए पच्चीस बरस हो जाएँगे न?" उन्होंने पूछा।

"पच्चीस नहीं, छब्बीस। सीधे-सीधे कहो न क्या कहने का मन है? घुमा-फिरा के क्यूँ कह रहीं बात को?" उसने कहा।

"कल जब वह जाए तो उसके टीका कर, हाथ पर कुछ रुपये भी रख दियो। उसका टीका लगा माथा देख लोग कम बात बनाएँगे।" बीसू की माँ ने उससे कहा।

उसने देखा कि गाय के चाटने से उसके हाथ पर लाल दाने उभर आए हैं। ऐसे ही लाल फफोले उसके भीतर पड़ गए हैं, जिनमें सिवाय टीस के कुछ और अनुभव नहीं किया जा सकता। उनकी तरफ़ एक चोर नज़र से देख, वह उठकर अन्दर चली गई।

8

वह चला गया था लौटकर। उदास मौसम के झरे हुए फूल की तरह मन्ना के मन पर पीला रंग चढ़ने लगा था। उसकी दूसरी ख़बर भी लगभग तीन साल बाद हेमलता से ही मिली थी कि पुलिस ने उसे पकड़ तो लिया, पर उसके पास

से हथियार न मिलने पर, किसी गवाह के न होने पर, किसी भी तरह के दूसरे साक्ष्य के न होने के कारण केस लम्बा चला और वह ढाई साल से ज़्यादा समय तक विचाराधीन क़ैदी की तरह जेल में रहा और अब जाकर चार महीने पहले उसे बरी किया गया है।

"शुक्र है, हथियार नहीं मिला। अगर कट्टा बरामद हो जाता तो उसके ख़िलाफ़ पुलिस का केस कितना मज़बूत हो जाता। कौन जाने फिर क्या होता, मामला किस करवट बैठता?" हेमलता ने मन्ना का हाथ थामे हुए कहा।

"अच्छा ही हुआ जो जाते वक़्त मैंने उसे हथियार देने से मना कर दिया था।" मन्ना बोली।

दिन बीतने के लिए ही होते हैं। दिन-दिन करके गुज़र ही जाते हैं। अब उसका सारा समय खेत पर बीतता है। घर सोने भर या डोकरी की ज़रूरत भर ही रहता है। आषाढ़ के गरम आकाश पर बादलों के नन्हे-नन्हे झुरमुट उग आए थे। मन्ना ने सिर उठाकर आकाश को देखा, दूध की डोलची उठाई और घर को चल दी। डोकरी तख़्त पर लेटी हुई थीं।

"नैक मेरे सिर में तेल मल दियो, मन्ना।" उन्होंने कहा।

"हम्म, चाय के बाद मल दूँगी।"

"तुमसे कही थी लौटते में थोड़ा चन्दन और कपूर लेती आना पूजा के लिए। लाईं क्या?"

"सिर में मलने के लिए कपूर तो ले आई हूँ, पर चन्दन नहीं मिला दुकान पर।" वह बोली।

"अब कल पूजा में क्या करूँगी मैं?"

"डोकरी, ईश्वर के लिलार पर तो हल्दी-रोली मलता ही रहता है आदमी। उँगलियाँ भर-भर के पोतता है। असल बात तो तब बने डोकरी, जब आदमी को अपने माथे, अपने लिलार का पसीना पोंछने की मोहलत मिल पाए। उसकी उँगलियों को कभी चाक घुमाने का हुनर आए या चीका मिट्टी से अपना चूल्हा लीपने का शऊर या खेत की मिट्टी को अपने पैरों से खूँदने की ताक़त पाए वरना

अल्ल-बल्ल तो मरने तक बकता ही है आदमी।" उसकी तेल लगी उँगलियाँ बीसू की माँ के उलझे बालों में अटककर रह गई थीं।

बादलों के झुरमुट घने होते जा रहे थे। बीसू की माँ ने पलटकर उसके हाथ थाम लिए।

"मैंने उसे बुला लिया है, मन्ना।" उन्होंने कहा।

"किसे?"

"योगेन्दर को यहीं रहने के लिए, अपने पास। मेरा क्या? कल रहूँ या नहीं, पर तेरा ठौर-ठिकाना तो कोई बना ही रहना चाहिए। मुझे क्या पता नहीं इन सालों में कैसे, कितना बदल गई तू?" बीसू की माँ ने कहा।

पहली बूँद ढरककर मन्ना के सपनों के मन्दिर में बैठे शिव के ऊपर गिरी, दूसरी उसके मन की रूखी ज़मीन पर और उसके बाद आषाढ़ की पूरी शाम उस धारासार बरसात में डूब गई। पानी के कोहरे में बस गली के दोनों तरफ़ खड़े दो हरे पेड़ ही लहक रहे थे। बीसू की माँ ने उसके घुटने पर सिर टिका दिया। हवा में कपूर पड़े तेल की गन्ध महक रही थी और एक गाने की गूँज जिसे डोकरी गा रही थीं।

छोरा मोहे दे तीर-कमान
अटे पर बुलबुल बैठी है...